엄마아빠는 ── 이렇게 ─── 살아내는 중이야

글 총괄 기획

김도현

워크숍 기획

손문숙

|

최은성

조용준

정길선

임해순

윤한진

윤혜옥

오윤영

손문숙

백윤영

민병수

김미경

곽미혜

김도현

지음

KB213971

BM 성안북스

프
롤
로
그

사람들은 말한다. 여러 사람이 모인 공동 저자의 책은 나오기 어렵다고. 모인 사람의 수만큼이나 각자의 개성도 성격도 성향도 다르기에 이를 극복하기가 쉬운 일이 아니라 나온 얘기일 것이다. 「산다는 건, 이런 게 아니겠니!」를 시작으로 「엄마 아빠는 이렇게 살아내는 중이야」까지 결실을 본 것은, 하나의 결실을 위해 모두 한마음으로 똘똘 뭉쳤기 때문이다.

◆

　나는 단어 하나하나 의미에 민감한 편이다. 그런 이유로 종종 우리말 어원을 생각하며 그 뉘앙스를 가슴에 새기기도 한다. 그중 하나가 '나쁜'과 '좋은'의 단어다. '나쁜'의 우리말 어원은 자기만 아는 '나뿐인 사람'. '좋은'은 '주는'이라는 의미로, 배려가 넘치는 '좋은 사람'이란 뜻이다. 이 책을 쓴 저자들은 모두 '좋은 사람들'이다.

◆

　이들은 모두 직장인이기에 종일 고된 업무를 마치고 도서관으로 달려와야 했다. 대부분 글쓰기 초심자들이었기에 8주 강의를 통해 3꼭지를 써야 했다. 그러고도 남은 시간은 정해진 기한 내에 원고를 제출해야만 했고, 나의 쓴소리를 약으로 여기며 좋은 글을 내주었다. 부담감이 컸을 것이다. 잘 견뎌 주었다. 서로를 배려하고 존중하는 마음이 없다면 불가능한 일이었다. 시간 제약이 있던 관계로 넘어야 할 산들도 많았지만, '성실함'으로 이를 잘 극복해주었다. 열두 명의 저자 모두가 기특하고 고맙다.

◆

이들을 보며 '레이첼 나오미 레멘'의 책에 묘사된 천국과 지옥이 떠올랐다. 천국과 지옥에서는 1미터가 넘는 젓가락으로 음식을 먹는다고 한다. 천국에서는 하하 호호 웃음소리가 끊이질 않는다. 서로의 입에 음식을 넣어주기 때문이다. 그러나 지옥의 식사 시간은 아비규환이다. 1미터가 넘는 젓가락으로 제 입에 음식을 넣으려니, 상대방 눈과 얼굴을 찌르는 통에 싸우며 난리라고 한다. 짧은 기간 동안 쉽지 않은 여정이었지만, 서로의 입에 맛난 음식을 넣어주듯 열두 명 모두 배려심을 잃지 않았다.

◆

글쓰기 프로젝트에 모인 저자들은 오늘의 결실로 행복감을 만끽할 자격이 충분하다. 최은성, 조용준, 정길선, 임해순, 윤한진, 윤혜옥, 오윤영, 손문숙, 백윤영, 민병수, 김미경, 곽미혜. 이들의 문운을 빌며 그 행보를 격하게 응원한다. 특히 워크숍을 기획한 손문숙 작가님은, 나와 참여 저자들을 두루두루 챙기느라 애를 많이 쓰셨다. 또 성안북스 김상민 본부장님과 관계자분들께도 마음을 담아 감사 인사를 드린다.

'엄마 아빠는 이렇게 살아내는 중이야'를 엮으며
기획 김도현

프로필	학력	추계예술대학교 문화예술경영대학원 영상시나리오 석사
	수상	2021년 경기콘텐츠진흥원 경기 시나리오 기획개발 대상(부엌)
	경력	2021.05~2021.11 경기콘텐츠진흥원 경기 시나리오 기획개발 참여 작가
		2023.05~2023.06 인천광역시교육청교육연수원 사무관 이상 관리자 역량강화 연수 글쓰기 워크숍 강사
		2023.08~2023.11 총괄기획도서 「산다는 건, 이런 게 아니겠니!」
		2023.11~2023.12 인천광역시교육청중앙도서관 에세이 강사
	저서	「에세이 써 볼까?」 (2024, 모모북스)
		「초등 6년 글쓰기 캠프」 (2021, 모모북스)

목
차

최은성

작품   1. 식탐 여왕

2. 잃어버린 낙원

3. 뗏목 타고 학교 탈출

프로필

학력	동우대학 행정학과 졸업
경력	인천광역시교육청 지방교육행정사무관(20년 재직 중)
	강원도교육청 지방교육행정직 공무원(15년 근무)
활동	인천광역시교육청 관리자공무원 독서모임 '여리' 회원 (2018년~ 현재)
	인천광역시교육청 교육행정 정책연구회 홍보분과 회원 (2023년~현재))
	인천광역시교육청 교육행정 정책연구회 글쓰기 동아리 '글힘' 회원(2023년~ 현재)
저서	「산다는 건, 이런 게 아니겠니!」 (2023, 모모북스)
이메일	ces3360@naver.com

식탐 여왕

최
은
성

나는 먹고 싶은 것이 참 많다. 내 머리 위로 줄이 서 있다. 냉면, 오징어, 갈비, 낙지, 간장게장, 크림빵, 김밥, 카페라테, 돼지바, 맛동산……. 냉면을 먹고 나면 줄을 선 것이 삭제돼야 하는데, 맨 뒤에 가서 또다시 줄을 서니, 자타공인 나는 식탐 여왕.

동네 음식점 개업 소식이 있다는 말을 들은 날이면, 만사 제

치고 찾아가 먹고 와야 직성이 풀리고. 친구들 모임에서 찾아간 맛집에서 인원보다 넉넉한 주문을 해야 하고. 회식에서 식사가 거의 끝날 무렵, 접시 위에 덩그러니 남아 있는 마지막 음식 한 조각에 포크를 꽂고. 식사를 마치고 모두가 수저를 내려놓을 때도 내 손에 든 수저는 여전히 몹시 바쁘다. 집에서 저녁 식사 마치고 후식으로 큰 접시에 과일들을 가득 깎아 담아내면 둘이 먹는데 뭘 이리 많이 준비했냐며 딸에게 핀잔을 듣기도 한다. 나는 먹는 것에 언제나 늘 진심이다.

직장에서도 마찬가지다. 사무실 문이 열리고 간식 뭉치가 들이닥칠 때, 버선발로 마중을 나가는 1번 타자다. 학교 행정실에 근무하는 나는, 직장에서도 간간이 먹는 간식은 정(情)이며 즐거움이라 생각한다.

Y선생님이 건네주시는 아침 일찍 삶아온 따끈따끈한 달걀, 동네 유명한 맛집에서 사 왔다며 갓 구워낸 빵을 봉지 가득 내미는 교장 선생님, 택배로 주문한 옥수수를 당일 먹어야 맛있다며 넉넉히 담아 보낸 직원 엄마, 아이 소풍 갔다며 정성스레 말아온 색색의 김밥.

시부모님이 고향에서 농사지어 보낸 고구마를 구워오기도 하고, 좋은 일 있다고 한턱내신다며 양손 가득 들고 온 카페라테, 에어컨 밑에서도 땀을 훔치는 무더운 여름날의 아이스 아메리카노…. 맛난 것들을 먹으려면 직장에서도 먹어야 하니, 하루가 모자랄 지경이다.

그렇게 집이며 직장, 밖에서도 먹거리가 릴레이처럼 나를 기다리니 행복에 겨워 몸이 절로 덩실대던 때. 예전에 먹었던 먹거리 하나가 문득 머리를 스쳐 지나간다.

인천의 남동구 논현동이 신도시로 개발될 때였다. 근무한 학교에서, M선생님은 집에서 장뇌삼을 키우고 있다며 씨앗을 가져오셔서 나를 비롯해 직원들에게도 나눠 주셨다. 나도 씨앗 2개를 얻고 이에 어울릴 만한 아주 작은 도자기 화분 2개를 구해 정성스레 심었다.

딸아이 이름 앞 자를 따서 윤삼이와 정삼이라 이름 짓고 잘 길러 보기로 했다. 윤삼이와 정삼이는 내 책상 뒤 창가에서 햇빛도 만나고 창문을 열어두면 바람도 만지고 가끔 주는 물로 생명 줄을 빨아들이듯 잘 자라고 있다.

그 씨앗을 주신 M선생님은 평소 장뇌삼에 관한 이야기를 자주 하시며 다른 약초에도 관심이 많았고 조예도 있는 듯 보였다.

그러던 어느 날 점심시간. 스르륵 사무실 문이 열리더니 M선생님이 들어섰다. 한 손에는 신문지에 무엇인가 꼼꼼히 싼 것이 들려 있었다. 순간 '먹을 거다!'라는 생각이 머리를 스치자 내 입가엔 절로 미소가 번졌는데. 내 예상과 다르게 M선생님은 테이블 위에 신문지를 펼쳐 보이며, "이 약초 좀 보세요." 하셨다.

"약초 이름이 뭐예요?" 내가 물었지만, 사무실 내에서도 그것에 대해 아는 사람은 아무도 없었다. M선생님은 이름은 잘 모르나 한약재로 쓰이는 약초일 거라 했다. 다른 학교 순회 수업을 마치고 오는 길에 신도시 개발 중인 학교 근처 야산에서 눈에 띄길래 몇 뿌리 뽑아 왔다고 했다.

생김새는 중국산 도라지같이 매끈하니 길쭉하고, 통통하게 살이 올랐고, 잎까지 실한 것이 정말 약초처럼 보였다. "맛을 보면 알 수 있지 않을까요?" 나는 빨리 먹어 보고 싶은 마음이 앞섰다. 평소 장뇌삼도 기르고, 약초에 조예가 깊은 M선생님이 가져오신 게 아닌가? 이름쯤 모르는 게 뭔 대수냐는 생각과 함께,

이 식물은 분명 몸에 좋은 약초일 것임을 믿어 의심하지 않았다.

"안 돼요! 요즘 다른 학교 순회 수업하느라 힘들어서, 귀한 약초면 내가 달여 먹고 기운 내야 해요."하고 말씀하시는 M선생님께, "인심도 야박하시네요. 다섯 뿌리나 되는데…" 나는 섭섭해서 푸념 섞인 투로 말했다.

그렇게 말했음에도 M선생님은 못 들은 척 약초가 든 신문을 착착 포겠다. 아쉬운 마음에 입맛을 다시며 내가 연신 눈독을 들이자, M선생님은 결국 포겠던 신문을 펼치며 맛이나 보자고 하셨다. 그러면서 실한 몸통 뿌리는 놔두고 곁뿌리 작은 것 하나만 톡! 자르는 게 아닌가!

"기왕 인심 쓰는 거 확 쓰셔야지. 뭐예요, 사람은 4명인데 곁뿌리 하나로 누구 코에 바르겠어요?" 내가 서운해 말하자, M선생님은, "맛이나 보는 건데요."라며 자른 뿌리를 콩알 만큼씩 조각내어 우리에게 나눠주었다. 그리고 M선생님은 우리의 두 배인 콩알 2개만큼을 먹겠다고 했다.

'흥! 칫! 뿡! 먹성 좋은 나를 뭐로 보고 콩알 크기라니…!' 하는 생각을 하며 그것만으로도 감지덕지라며 나를 위로했다.

나는 순식간에 손에 콩알 크기의 하얀 뿌리 조각을 입에 넣고 씹었다. 도라지처럼 쓰지도 않았고 인삼처럼 알싸한 맛도 아니었다. 아무 맛도 아무런 향도 없는 것이 별거 아닌 거 같은 느낌일 때, 정체 모를 약초 한 조각은 목구멍을 넘어가고 있었다.

그러는 사이 점심시간 종료를 알리는 종이 울리고 우리도 각자 자리에 앉아 업무를 시작했다. 벽에 걸린 시계의 작은 바늘이 세 바퀴 돌았을 무렵. 고요하던 내 몸에서 아랫배를 슬쩍 지나 턱 밑을 치는 이 느낌…!! 뭐지? 슬슬 올라오는 시큼시큼한 이 느낌은 분명 위장에서 이 음식을 거부하겠다 보내는 신호! 아랫배도 간간이 '사르르 사르르' 얕은 통증이 스쳐 간다. 순간, 나는 뭔가 잘못됐다는 것을 감지했다.

어느덧 사무실 벽시계는 퇴근 시간. 위장에서 보내는 턱 밑의 느낌은 가마솥에 물을 데우듯 서서히 조금씩 강도가 올라 곧 토악질을 준비하라는 경고 같았다.

퇴근길. 이미 몸속의 이상 신호를 감지한 나는, 중간에 차를 세울 수 있는 길을 선택했다. 만약의 사태에 대비해 뿌리를 콩알만큼 먹은 직원 한 명을 태우고 학교 교문을 나서 10분 정도 지났을 무렵. 턱 아래에서 시큰한 것이 쓰나미처럼 올라오는 듯했다.

도로 한쪽에 차를 세우고 나는 급하게 내렸다. 그리고 가까운 나무쪽으로 달려 허리를 구부릴 틈도 없이 폭포수처럼 토악질을 쏟아냈다. 온몸의 피가 거꾸로 솟구쳐 얼굴이 시뻘겋게 달아오르고, 눈은 충혈되어 눈물이 고였다. 그렇게 토악질을 몇 차례 하고 나니, 맥이 탁 풀리며 땅바닥에 풀썩 주저앉고 말았다.

낮에 먹은 것 때문인가? 이렇게도 죽을 수 있겠다고 생각하니 아찔했다. 정신을 차리고 옆을 보니, 직원은 반대편 나무를 붙잡고 나와 똑같은 행동을 하고 있었다.

집에 와서도 화장실에 들락거리기를 몇 차례 하고 나서야 어느 정도 진정이 되는 것 같았다. 그제야 낮에 먹은 것이 몸에 좋은 약초가 아니라는 확신이 들었다. 그럼, 무엇이란 말인가?

다음 날 아침. 반쪽인 얼굴로 출근했다. 콩알 2배만큼 먹은 M선생님은 전날 저녁에 복통과 토악질이 너무 심해 응급실로 달려갔다고 했다. 의사 선생님의 진단은 독초를 먹었기 때문이란다.

감히 식탐 여왕에게 덤비다니! 밤새 토악질로 휘청거리게 한 요놈의 정체를 밝혀야 했다. 도라지 같이 생긴 이 독초의 정체를 알기 위해 생물 선생님을 불러 자초지종을 들어보니, "자리공이라는 독초인데 천연 살충제로 쓰이는 거예요."라며 큰일 날 뻔했다며 그만하기 다행이라 하셨다.

자리공이란 식물은 사람을 죽일 수 있는 독초며, 식물에는 병충해를 막아주는 천연 살충제로 쓰이기도 하단다.

"헉!" 조선 시대 장희빈이 받았던 사약의 재료 중 자리공이 있었을까? 라는 생각이 스치며, 욕심내서 더 먹었더라면 이승과 영영 작별할 수도 있었다니…!! 후유~ 가슴을 쓸어내렸다.

지금은 웃으며 얘기하지만, 그날 나의 식탐은 분명 생명을 위협받는 위험천만한 일이었다. 만약 M선생님이 인심을 왕창 써서 더 많이 먹었더라면! 생각만 해도 아찔하다.

먹는다는 것은, 생명을 유지하는 기본적인 행위다. 살면서 참으로 기쁨을 주는 것이 몇 가지나 될까, 헤아려봐도 당연코 먹는 것이라 자부한다. 음식이란 잘 먹으면 피가 되고 살이 되지만, 과하면 그날과 같은 참사(?)를 부르기도 한다.

'과유불급'이라 했던가. '지나침은 모자람만 못하다'라는 철학을 되새긴다.

잃어버린 낙원

최
은
성

여름휴가를 어디로 갈까? 여기저기 인터넷 검색하다 시선이 머무는 곳, '한계령'을 따라 기억의 저편에 있던 20대 시절로 돌아간다.

공무원이 되어 처음 시작한 직장생활. 낯선 업무와 직장조직의 어색함, 그에 따른 긴장감을 해소하기 위해 퇴근 후 자주 들렀던 참새 방앗간 같은 곳, 카페 '다랑'이 있었다.

동네 오빠처럼 훈훈한 외모의 청년 둘이 운영하던 다랑은, 아담한 간판을 지나 문을 열면 코끝으로 마중하는 은은한 나무 향이 그윽하던 곳이었다. 내부는 그리 굵지 않은 통나무를 동그랗게 잘라 벽에 붙여 장식하였고 훤하게 트인 넓은 창은 거리풍경을 담뿍 담았다. 주인이 내어주는 커피 한잔은 그날의 피로를 풀고 내일을 충전하는 묘약이 되던 곳이었다.

그렇게 몇 년. 카페를 들렀던 날들만큼 주인과도 친분이 쌓이고, 자연스레 단골손님들도 인사를 나누는 사이가 되었다. 몇 개월에 한 번씩 카페에 들른다는, 구릿빛으로 그을린 범상치 않은 인상의 50대 남성을 알게 된 것도 그때다.

그는 한계령(해발 1,004m) 중턱(해발 700m) 산속에 방갈로 산장을 짓고 '오는 사람 막지 않고 가는 사람 잡지 않는다'라는 인생관으로 사는 설락원의 주인장이라고 했다. 그는 나와 친구들에게도 영업하는 곳은 아니니 숙박료는 '무료'라며 언제든지 누구하고라도 오고 싶을 때 놀러 오라 했다.

그날 이후. 내 머릿속은 상상의 나래를 펼쳤다. 한계령 중턱의 방갈로 산장을 내 방식대로 설계하고 지었다 부쉈다를 반복하길 여러 날. 드디어 여름 휴가를 맞이했다. 나는 직장 동료들을 일곱 명씩이나 데리고, 자가용 한 대와 트럭 한 대를 구해, 숙박료로 주고 싶은 간고등어 한 짝과 우리가 먹을 삼겹살, 맥주 한 박스, 소주, 쌀 등을 넉넉하게 트럭 짐칸에 싣고 한계령 산속으로 향했다.

우리 일행은 트럭을 타고 덜컹거리며 오른 산속의 뜻밖의 풍경에 모두 감탄사를 연발했다. 그도 그럴 것이 깊은 산속에 평야처럼 펼쳐진 초원은, 자연이 꼭꼭 숨겨놓은 파라다이스 같았기 때문이다.

도착한 낙원은, 산속 알짜배기 땅에 위치. 드넓고 푸른 초원은 사람이 아닌 염소들이 차지하고, 아담한 벽돌집은 노모를 모시고 사는 주인장 자리, 군데군데 터 잡은 대여섯 채의 방갈로는 여행객 자리, 한 폭의 산수화를 담는 명당자리는 화장실이, 그리고 적당한 곳에 전기 발전기와 목공소가 자리하고 있었다.

높이 오른 만큼 가까워진 하늘과 초원. 풀들을 춤추게 하는 바람과 계곡의 청량한 물소리는 나를 흠뻑 취하게 하였다. 더없이 반가운 건, 구릿빛 얼굴로 환하게 웃으며 나와 일행을 맞아 준 주인장. 그는 마치 자연의 일부처럼 보였다.

우리 일행은 방갈로에 짐을 풀고 계곡 옆에 둘러앉아 산이 주는 나물들과 주인장이 내어준 장아찌, 그리고 우리가 준비한 음식들로 술잔을 기울였다.

"숙박료를 안 받으면 뭐로 먹고살아요?"라고 내가 물으니, "염소 키워서요."라며 너털웃음을 짓던 그. 왜 여기서 사냐, 가족은 더 있냐… 등등. 술잔에 별이 내려앉을 때까지 수많은 이야기로 마음을 나누었다.

다음날. 방갈로 나무 틈새로 새어 들어오는 클래식 음악이 아침을 알렸다. 태양이 쏟아내는 빛과 산이 품어내는 신선한 공기는 입으로 코로 피부로 스며드는 듯. 자연과 하나 되는 벅차오르는 느낌은, 말로다 형언키 어려운 행복감이었다.

세월이 흘러 50대 중년이 된 어느 날. 20대의 그 행복한 기억으로 그곳을 다시 찾았다. 그러나 주인장은 이미 세상과 작별하였고 설락원도 사라졌다. 폐허가 된 산장은 가고 싶어도 갈 수 없는 곳이 돼 버린 것이다.

카페에서의 짧은 인연이었음에도, 둘도 셋도 아닌 일곱 명이나 떼거리로 찾아갔어도 주인장은 기꺼이 자신의 공간을, 시간을, 소중한 마음을, 대가 없이 내어주는 사람이었다.

그에게 산중생활은 자연과 깊은 교감을 가능케 하는 동시에, 경제적 어려움을 겪을 수도, 사회적 고립감도 느꼈을 것이다.

어떤 이는 주인장을 보러…. 어떤 이는 설락원의 자연이 그리워…. 어떤 이는 방갈로의 하룻밤이 생각나…. 어떤 이는 산수화 풍경을 담은 화장실이 좋아서…. 때론 주인장의 어머니 건강이 걱정되어서…. 초원의 염소 떼가 궁금하여…. 그렇게 각각의 이유로 그곳을 찾았을 여행객들. 주인장의 산중의 고립감은 그때마다 사람들이 조금씩 덜어갔을 것이다.

지금의 나도 그때 50대이던 주인장 나이가 되었다. 자연과 사람들과의 조화에 가치를 두고 살았던 그의 삶. 그에 비해 나는 어떤 삶에 가치를 두고 살았나. 아파트 평수와 통장에 돈 늘리기에 급급했고, 재테크에 관심을 두고 살아온 걸 부정할 수 없다.

주인장의 삶처럼 인간관계로 나누는 마음들, 그리고 자연과의 교감은 돈의 가치를 뛰어넘는 것인데 말이다. 또 나는 누구에게나 나의 공간을, 나의 시간을, 나의 마음을, 아무런 조건 없이 기꺼이 내어줄 수 있는가.

그런 자문과 함께, 물질 만능이 주는 풍요로움에 우리는 '진정한 낙원'을 잃어버린 건 아닐까 돌아본다.

뗏목 타고 학교 탈출

최
은
성

"뗏목 타고 탈출합시다!""영차- 영차-"

마포 걸레에서 걸레를 빼내고 자루로 노를 저어, 폭우로 물
바다가 된 학교를 탈출해야만 하는 긴박한 순간. 1993년의 일이
었다.

현재 학교 행정실에 근무하는 나는, 몇 년에 한 번씩 근무지

를 옮겨 다닌다. 30년 넘는 직장생활 중, 가장 기억에 남는 학교는 과거 속초시 ○○중학교(현재 이전). 건물은 노후화되었으나 큰 도로에 인접해 교통은 편리한, 일명 '쌍다리'라 불리는 청초교 근처에 위치하던 학교였다.

실장님은 예전에 내가 교육청에 근무할 때, 상사분이라 친근했고 직원들도 쾌활한 성격들로 서로가 합이 잘 맞아 사무실 분위기가 꽤 재밌던 곳이다.

학교에서는 여름철이 되면 장마나 태풍 피해 예방을 위해 만반의 준비를 한다. "올해는 장비를 불러 제대로 배수로를 정비해야겠어."라며 실장님은 단단히 벼르셨다. 그렇게 장비까지 동원해 운동장 배수로 준설작업, 옥상 배수시설은 물론, 홈통 집수정 청소, 건물 누수 점검까지 세심하게 살피며 장마 대비를 하셨다.

장마를 맞이할 만반의 준비가 끝난 8월 어느 날. 집중호우 예보와 함께 아침부터 비가 내리기 시작했다. 우리는 준비된 자의 여유를 만끽하며 내리는 비를 당당히 맞이했다. 창문 밖으로 부슬부슬 내리는 비는 말끔히 청소된 배수로에 머물 겨를도 없이 술술 잘도 빠져나갔다. 맑은 빗물은 한여름 더위까지 말끔히 쓸어가는 기분이었다.

그런 기분도 잠시. 빗줄기가 점점 굵어지기 시작했다. 운동장 배수로를 확인해 보니, 빗물이 중간 정도 찼지만, 그런대로 잘 빠지는 것 같았다. 시간이 지날수록 창문을 때리는 빗소리는 거세졌고 급기야 폭포수처럼 쏟아지더니 빗물은 배수로 뚜껑까지 차올라 찰랑거렸다.

우리 행정실 직원들은 황급히 우산을 받쳐 들고 운동장 배수로 쪽으로, 옥상 홈통으로, 집수정을 향해 모두 흩어져 세심히 살펴보았다. 분명 배수로에 이물질로 막힌 것은 없었다. 사태가 심각함을 간파하신 교장 선생님께서도 "이런 일은 없었는데, 물이 안 빠지면 큰일인데…"하시며 재난방송에서 침수지역 동태를 파악하시고 긴급 부장 회의를 소집하셨다.

수백 명의 학생과 교직원들이 있는 학교 안. 재난 시 자칫 골든타임을 놓치면 대형 사고의 위험이 따르기에, 회의에서는 신속하게 학생들 귀가를 결정하였다. 3교시가 끝날 무렵, 각반의 모든 스피커를 뚫고 "호우로 인해 학교지역의 침수가 우려되오니, 각 반 담임선생님들은 학생들을 즉시 귀가시키길 바랍니다."

"학생들은 위험하니, 절대 거리를 배회하지 마시고, 집으로 곧장 가길 바랍니다."라는 방송이 나왔다.

침착하지만 단호한 교감 선생님의 목소리였지만, 순식간에 학교는 웅성웅성 시끌벅적대며 스산한 긴장이 감돌았다.

학생들을 무사히 귀가시킨 후. 학교에는 선생님들과 모든 직원이 남아 혹시 모를 침수를 위해 학교를 지키기로 했는데. 시간이 지나도 비는 그칠 줄 몰랐다. 마치 하늘에 구멍이라도 뚫린 듯 쏟아지는 빗물은 배수로 뚜껑을 뚫고 부글거리며 빠르게 운동장을 점령하기 시작했다.

각 반의 담임선생님들은 학생들이 안전하게 귀가했는지, 집에는 피해가 없는지 끊임없이 확인하였다. 다행히도 인명피해는 단 한 명도 없었으나 집에 침수 피해가 있는 학생은 더러 있는 듯했다. 선생님들은 한숨 돌리는 듯했고, 그제야 본인의 자녀들과 부모님과 집을 걱정할 수 있었다.

이후. 교장 선생님과 시설 관련 행정실 직원이 학교에 남기로 하고, 그 외 교직원들은 조기 퇴근 조치가 이루어졌다. 그렇게 학생들과 교직원들이 학교를 무사히 떠나고서야 행정실 관련

자인 나와 동료 직원들은 한시름 놓았다.

그런데 몇 시간이 지났을까. 운동장 빗물은 발목에서 무릎까지는 차오르더니, 담장 사이로 휘돌아 치던 흙탕물이 폭우를 견디지 못했다. 그때. 학교 뒤 농업용 저수지 둑이 순식간에 터지며, 거대한 물줄기가 쏟아져 주변에 있던 논의 벼를 모조리 휩쓸고 지대가 낮은 운동장으로 무서운 파도처럼 밀려들었다. 운동장은 삽시간에 어른 허리춤까지 물이 찼다. 엎친 데 덮친 격으로 산에서는 폭포처럼 쏟아져 내려 온 계곡물 범람으로 쌍다리까지 침수되며, 인근 도로 교통은 완전히 마비되었다. TV로만 보던 재난방송. 그 장면이 현실이 되었다. 공포가 엄습했다.

순식간에 고립된 우리는, 학교를 지켜야 한다는 책임감과 생존을 위협받는 두려운 상황에서도 밤샘 비상 근무 준비를 했다. 작전 1호는 비상식량으로 라면 한 상자 구하기. 학교를 나가려면 탈것이 필요했다. 작전 2호는 탈것 만들기. 나와 동료 직원들은, 물에 뜰 것을 찾기 시작했다.

한참 후. 시설주무관님이 넓적한 스티로폼을 들고 나타나셨다. 운동부 하계훈련을 위해 빈 교실 바닥에 깔아 놓았던 것이었다. 우리는 10cm 두께의 스티로폼 두 개를 끈으로 단단히 묶어 뗏목을 만들었다. 그리고 복도에 있는 마대 걸레의 걸레를 떼어 내 막대기 노를 만들었다.

시설주무관님은 스티로폼 위에 조심스럽게 발을 올려 균형을 잡았다. 그리고 라면을 사러 가기 위해 운동장 담장 쪽으로 노를 젓기 시작. 그렇게 가까스로 비상식량을 구할 수 있었다.

비상식량을 구한 기쁨도 잠시. 어느덧 현관 아래까지 물이 진격하고 있었다. 건물 안까지 들어오면 어쩌나 하는 걱정과 두려움으로 마음이 조마조마했다.

그렇게 시간이 흘러 해 질 무렵이 되었고 비도 그쳤다. 지키려던 교실도 천만다행으로 무사했다. 나와 동료 직원들은, 교육청에 사태를 보고한 후, 모두 퇴근하라는 통보를 받았다.

식량을 구해 온 뗏목은 우리도 구할 것인가? 뗏목 위에 조심스럽게 두 명씩 올라 균형을 잡았다. 잠시 휘청였으나 거뜬히 지탱했고 노를 저어 교문 앞에서 동료 직원들을 내려주길 여러 차례 하고서야 숙직자만 남았다. 운동장을 통과한 우리는 교문 앞에서 얼싸안고 탈출 성공을 외쳤다.

길고도 두려웠던 하루. 수많은 생각이 교차했다. 그중 하나
가 생각났다. 어느 신문 기사였던가. 여승께서 산을 뚫어 도로를
만드는 것을 반대하며 목숨 걸고 단식투쟁. 이는 산사의 생명과
도 연결되고, 폭우가 내리면 다량의 빗물을 흡수할 수 있는 지반
이 파괴되어 인명피해까지 초래하는 착산통도(鑿山通途)의 위험
을 경고하는 것이었으리라.

폭우를 대비해 철저히 준비했음에도, 산에서 폭포처럼 쏟아
지는 빗물이 순식간에 모든 걸 점령하는 걸 보며 든 생각이다.

조용준

작품   1. 이권에게

2. 어머니가 그리워

3. 명상

프로필   **학력**   강원대학교 낙농학과 졸업

경력   지방교육행정사무관, 인천광역시교육청 29년 재직

활동   1992년 독서동아리 < 책터 > 회원

이메일   cgrr323@korea.kr

이권에게

조
용
준

봄날 아침 피어오르는 아지랑이에 벚꽃이 어지럽다. 봄에는 수많은 생명이 연약하나 자신들의 삶에 저마다 열중하는 모습으로 가득 차 있는 듯하다. 이권, 그 모습의 한편에 너도 있겠지.

화사한 벚꽃을 보고 있노라니 밝으면서도 한 편으론 연약하고 장난치는 것을 누구보다도 좋아했던 네가 생각나는구나. 때로는 깊은 상념에 빠진 채 먼 곳을 응시하던 매력으로 똘똘 뭉친 너.

네 주변에는 여자들은 물론이거니와 동년배 남자들로 항상 넘쳐났지. 그만큼 너는 모든 사람에게 인기가 많았단 얘기야. 그 이유는 조용한 너의 내면과는 달리, 항상 여유롭고 낙천적인 태도, 유머와 위트를 겸비한 너의 말솜씨 때문이었을 거야. 외유내강. 너에게 아주 알맞은 표현인 거 같다.

어느 날엔가. 친구들끼리 호반의 도시 춘천을 얘기한 적이 있었는데, 다른 친구가 "호반에서 반이 무슨 뜻일까?"라고 혼잣말로 중얼거리자, 너는 잠시도 지체하지 않고, "접시 반"이라고 말했어. 오호라, 그렇구나. 접시에 담겨 있는 물처럼 깊지 않은 땅에 잠긴 고요한 호수의 모습이 머릿속에 선명히 그려졌지. 더 놀라웠던 건 너의 한자 실력이었어.

"정말이야?" 그 친구도 놀란 투로 되물어보았지. 이번에도 너는 한 치의 망설임 없이 대답했어. "아니, 반지 반"이라고. 아, 뭐야 하며 우리는 너의 등과 배를 치며 깔깔댔었지. 별 의미 없는 말장난이었지만, 너의 그 재치와 순발력이 참 좋았어. 그때 생각했어. 너는 누구에게나 사랑받을 자격이 충분한 사람이란 걸.

　　나 역시 너를 무척 좋아했다. 틈만 나면 너의 말투와 몸짓을 기억해 뒀다가 따라 했을 정도였으니까. 당시 소극적이고 조금 어두운 성향이었던 내가, 조금씩 쾌활하게 변해갈 수 있었던 건 다 네 덕택이야, 이런.

　　그 무렵. 책을 보며 독학으로 작곡을 배우고 있던 나를, 경외심 가득한 눈으로 보는 너의 모습도 좋았던 걸 고백할게. 별로 내세울 것 없던 나라는 녀석을 좋아해 줬으니, 지금 생각해도 너는 내게 참으로 고마운 존재였어.

　　노래 역시 곧잘 불렀던 너였기에 언젠가 나의 곡이 완성되면, 가사를 붙여 너에게 선물하고 나만의 방식으로 우리의 우정을 확인할 작정이었어. 물론 나의 계획은 물거품이 되었지만….

　　평소와 다르지 않던 어느 날이었지. 이런저런 농담을 하다가 내가 그만 말실수를 하고 말았지. "야, 너 입술이 꼭 닭똥집처럼 생겼다." 나의 말이 떨어지기도 전에, 너의 얼굴이 굳어졌어. 너는 곧바로 내게 사과하라고 말했는데. 순간, 나는 실수를 깨닫고 미안하다고 말하려고 했다.

그런데 참 이상하지. 네가 나의 사과를 기다리는 그 순간에 나는 사과의 말 대신 침묵을 지켰어. 찰나의 시간에 나의 사과는 지체되어, 뜻 모를 완고한 침묵에 자리를 빼앗긴 것 같았어. 나의 말이 사과할 만큼 심각하지 않았다고 생각한 걸까, 나의 농담을 심각하게 받아들이는 너에 대한 항의의 뜻이었을까. 친한 친구에게 그 정도의 농담은 괜찮다고 생각했던가.

어쨌든 조각처럼 굳어버린 그 짧은 침묵의 시간 동안, 나는 슬픈 예감을 느꼈었다. 이 어색한 순간이 지나가고 나면 다시는 이전의 사이로 돌아가지 못한다는 걸….

그걸 예견하면서도 목구멍에서 미안하다는 말이 나오지 않았던 이유는 지금도 알지 못하겠다. 다시 주워 담을 수 없던 말과 그 시간은, 고장 난 시계처럼 그 자리에 멈춰버렸지. 너와 나의 시간처럼 말이야.

나의 슬픈 예감은 틀리지 않았지. 이후 너와 나는 서먹한 관

계가 되어 버렸고, 언제 마지막으로 보았는지도 모르게 서로의
시야에서 사라졌던 걸 보면 말이야.

그 일을 계기로 나는 내성적인 성격으로 다시 돌아갔고, 누
군가의 사소한 물음에도 깊이 생각한 후에 말하는 버릇이 생겼
어. 그 때문에 말은 전보다 더욱 느리고 어눌해졌어.

너와 헤어지고 35년째가 되는 올봄. 문득 네 생각이 나는 걸
보니, 너를 정말로 좋아했던 나를 발견한다. 이제라도 네게 진심
으로 사과하며 내 마음의 짐도 내려놓고 싶다. "이권아, 그때 정
말 미안했다."

가까운 사이일수록 말과 행동을 더욱 조심해야 한다는 걸,
그게 사람 관계에 얼마나 큰 영향을 미친다는 걸, 그때 알았더라
면 얼마나 좋았을까.

어머니가 그리워

조
용
준

어머니가 암 선고를 받으신 날. 우리 가족은 거실에 모여 긴 회의를 했다. 어머니의 치료를 위해 앞으로 얼마나 걸릴지 모를 그 시간 동안, 헤쳐나가야 할 일들을 두고 이야기를 나누었다.

회의를 마친 우리 가족은, 평소에 아프신 곳도, 가리는 음식도 없이 잘 드셨던 어머니였기에 곧 쾌차하실 거라며 밝은 미소로 서로를 위로했다. 하지만 각자들 표정에 드리운 불안한 마음까지는 숨길 수 없었다.

그런 가족 모두의 바람과 달리 현실은 무심했다. 어머니의 입원과 퇴원을 반복하던 어느 날. 의사는 더는 손을 쓸 수가 없다고 했다. 막연하게 생각하던 불안이 청천벽력처럼 느껴졌다. 나와 우리 가족은 절망과 슬픔을 가슴에 숨긴 채, 어머니를 모시고 집으로 돌아왔다.

나는 선선해지는 저녁이 되면 새로 마련한 휠체어에 어머니를 앉히고 마을을 천천히 돌았다. 휠체어를 밀며 뒤에서 보니, 그사이 종잇장처럼 말라버린 어머니의 작은 몸이 더욱 작아 보였다. 종일 누워 계신 탓에 잔뜩 눌려버린 뒷머리는, 내 코끝을 아리게 했다.

어린 시절, 행복했던 순간, 그리고 아팠던 시간이 주마등처럼 스쳐 지나갔다. 병치레가 잦았던 나를 어머니는 무척이나 안쓰럽게 여기셨다. 그래서인지 어린 나를 자주 업어주셨다. 그때 어머니의 등은 포근하고 안락해, 나의 커다란 동산이자 작은 세상과도 같았다. 우는 나를 달래려고 어머니가 아랫입술을 내밀면 턱이 복숭아씨처럼 울퉁불퉁해졌는데, 그 모양이 우스워 나도 똑같이 따라 하며 서로 웃고 행복해했다.

아팠던 기억은, 당시 무허가였을 허름한 우리 집에 하루는 낯선 아저씨들이 들이닥쳐 어머니께 위협적으로 무언가 말하던 때다. 어머니는 어린 내가 보기에도 비굴하다 싶은 표정을 지으시며, 그들에게 며칠만 말미를 달라고 통사정하셨다. 그리고 며칠 후 우리 가족은 살던 곳에서 쫓겨나 더욱 허름한 곳으로 옮겨야 했다. 어머니는 이사하는 내내 어둡고 굳은 표정으로 한마디 말씀도 없으셨다.

살던 집을 빼앗기고 이사한 뒤, 어느 날인가. 우리 가족이 밥상에 둘러앉아 밥을 먹는데, 건더기 하나 없는 멀건 된장국에서 가끔 모래알 같은 돌이 씹혔다. 그건 얼마 남지 않은 항아리 속 된장을 푸기 위해서 어머니가 항아리 바닥을 박박 긁었기 때문이라고 큰형이 말해 주었다.

어린 자식들을 굶기지 않기 위해 어머니는 순댓국밥집을 하셨다. 그러나 깡패들이 수시로 가게에 들러 테이블을 뒤집어엎고, 협박을 일삼아 힘든 나날을 보내셨다. 형님들께 들은 얘기라

어렸던 나는 기억에 없었지만, 이후 먼 친척 한 분이 인근 경찰서 장으로 부임하는 바람에 깡패들이 이를 먼저 알고 줄행랑을 쳤 단다.

그렇게 고난의 연속이던 때가 어머니 나이 서른 후반. 지금 의 내 나이보다 훨씬 어리셨을 때다. 그 꽃다운 나이에 당신의 꿈 은 마음속에 접은 채, 고단하고 지긋지긋한 가난을 꿋꿋이 버티 며 다섯 남매를 키워내셨다. 때로는 감당키 어려운 현실에 무너 져 자식들 몰래 눈물 훔치셨을 어머니….

그랬던 어머니가 이제는 작고 초라한 모습으로 내 앞에 앉아 계신다. 나는 아직 어머니의 죽음을 상상할 수 없다. 이대로 돌 아가신다면 나이만 들었지, 철없는 어린애 같은 나는 틀림없이 미쳐버릴 것이다. 그런 상념에 젖어 어머니의 휠체어를 밀며 마 을을 돌았다.

두 달쯤 지나 어머니의 배에서 복수가 차오르기 시작했다. 나중엔 물 한 모금도 넘기기 어려워하시며 침대에만 누워 계셨 다. 얼마 후, 어머니는 병세가 급격히 악화되어 다시 입원하셔야

했다.

그동안 어머니 병간호를 도맡았던 아내가 이번에도 자신이 하겠다며 나섰다. 그런 아내를 만류하고 내가 어머니 병실로 들어갔다.

침대에 누워 초점 없이 허공을 응시하고 있는 어머니와 단둘이 있는 병실. 나는 무슨 말이라도 해 드리고 싶었다. 옛날이야기나, 아니면 반야심경이라도, 사실은 그 어느 말보다, '어머니, 사랑합니다.'라는 말을 하고 싶었다. 하지만 차마 그 말이 입 밖으로 나오지 않았다. 나는 묵묵히 어머니의 기저귀를 갈아 드리고, 욕창을 방지하기 위해 두 시간마다 몸을 좌우로 옮겨 드렸을 뿐. 그 어떤 말도 하지 못했다. 입원 이틀째 되는 날 초저녁. 어머니는 눈을 감으셨다.

친척분들과 직장 동료들, 친구들이 장례식장에 와서 위로하며 자리를 지켜 주었다. 어수선하고 의례적이며 복잡했던 장례 절차를 마치고 집에 돌아와 어머니의 유품을 정리했다. 아직 당신의 온기가 남아있는 보라색과 분홍색 옷가지들, 그리고 손때가 묻어 반들반들해진 화투와 지팡이를 쓰다듬으며 잠시 망설이다가 상자에 넣었다.

어머니가 계셨던 방은 새로 도배하고 그동안 방이 없어 거실에서 자던 아들이 쓰도록 했다. 다음날 나와 아내는 각자의 직장으로 출근했다. 예전의 평온한 일상으로 돌아가는 데는 생각보다 오랜 시간이 걸리지 않았다. 그리고 나는 미치지 않았고 이렇게 살고 있다.

그렇게 조용히 시간이 흐를 것만 같던 어느 날 아침. 아내가 꿈에서 어머니를 보았다고 했다. 어머니가 누우신 채로 배가 고프니 밥 좀 달라고 애걸하시더라는 거였다.

오래전 아버지의 병간호도 마다치 않던 지극히 효부인 아내 꿈에 어머니가 나타나신 건 당연지사. 그렇게 내가 아닌, 아내가 어머니를 보았나 보다 하고 대수롭지 않게 넘겼다. 그로부터 며칠 후. 장례식에서 어머님의 극락왕생을 빌어 주시던 스님에게서 연락이 왔다. 어머니가 꿈에 나타나셨다며, 팥이 들어간 두세 가지 곡식을 끓여 익힌 다음 땅에 묻으라고 말씀해 주셨다. 스님의 꿈이 아내의 꿈 내용과 비슷해 나는 소스라치게 놀랐다.

고령이긴 하나 건강한 치아 덕에 고기도 잘 잡쉈던 어머니.

그랬던 어머니가 병으로 나날이 쇠약해지시며 나중에는 물 한 모금도 넘기지 못하고 돌아가셨다. 가련한 어머니 모습에 마음이 아팠다. 그날 저녁. 스님께 들은 대로 곡식 한 줌씩을 냄비에 넣고 끓인 다음, 그것들을 앞마당에 묻었다.

다음날. 매일 하는 새벽 운동을 위해 공원으로 갔다. 하루 운동량은 공원 두 바퀴 걷기. 대략 3km. 걷는 중간중간 맨몸 스쿼트 50개씩 5번, 합해서 250번. 운동 중에 가끔 어머니 모습이 머리를 스쳤다. 그때마다 더욱 힘차게 몸을 움직이며 다른 것에 마음을 돌리려 애썼다.

즈음. 저 멀리서부터 햇귀가 밝아져 왔다. 그 빛이 한 편에 숨은 내 마음에 말하는 듯했다. '이젠 괜찮다고, 어머니는 너의 마음속에서 영원히 숨 쉬고 계신다고.' 보이지 않는 그 어떤 존재에게 위안을 받는 것처럼 마음이 누그러졌다.

그럼에도 불구하고 다시는 어머니를 볼 수 없다는 생각에 그리움이 물밀듯 몰려왔다. 어머니의 마지막 순간, 사랑한다고 말씀드리지 못한 회한이 새삼스레 사무쳤다. 밝아진 새벽하늘 아래 텅 빈 공원에서 나는 참았던 눈물을 쏟고 말았다.

명상

조
용
준

내가 명상의 매력에 빠지게 된 건 지금으로부터 25년 전. 오쇼 라즈니쉬의 명상에 관한 책을 접하게 되면서부터다. 명상에 매료된 가장 큰 이유는, 그 무엇으로도 채우기 어려운 정신적 충족감을 받기 때문이다.

명상에는 정신적인 충족감 외에도 다양한 효용성이 있다. 심리적으로 불안과 강박증이 해소되기도 하고, 신체적으로는 맥박과 혈압도 안정시킨다. 명상을 통해 삶에 대한 긍정적 에너지를 받기도 하고, 좀처럼 해결하기 어려운 문제도 차분히 명상하고 나면 그 실마리가 보이기도 한다. 어디까지나 나의 경험이지만 말이다.

다른 한편. 명상에 대한 편견이 있기도 하다. 명상은 반드시 조용한 장소에서 해야 한다거나, 명상을 잘못하면 머리가 이상해진다거나, 명상 중에는 절대 몸을 움직이면 안 된다거나 하는 말들이 그것이다. 이런 편견들은 이제 막 명상을 시작하려는 사람들에게 너무 어렵게 여겨져 포기하게 만들기도 한다.

명상은 명상 이외의 그 어느 것에도 걸림 없이 자유로워야 한다. 그것이 사물을 직관적으로 본다는 의미이며 또한 명상의 정신이기도 하다.

명상에는 매우 다양한 종류가 있다. 먼저 거울 명상은 거울에 비친 자신의 모습을 보며 하는 것이고, 허공 명상은 양팔을 하늘 위로 치켜올려 하늘을 보며 하는 것이다. 그리고 신체 감각 명상은, 자신의 신체 부위에 따라 감각을 차례대로 관찰하는 것이다. 또 색깔 명상은 마음속으로 한 가지 색을 정해 바라본 후, 눈을 떠 주위에 같은 색이 있는 사물을 찾아보는 것이다. 이외도 다양한 명상법이 있다.

누구나 마음만 먹으면 세상에 없던 자신만의 명상법을 만들어낼 수 있다. 이는 명상이 매우 쉬운 하나의 행위일 뿐 아니라, 우리의 일상에서 언제든 명상을 접목할 수 있다는 의미이기도 하다.

이와 같은 명상에서 기본적으로 지켜야 하는 것이 바로 복식호흡이다. 느린 복식호흡을 하면서 들숨과 날숨에 평온함을, 들숨이 멈추고 날숨으로 바뀌기 직전의 고요함을 느낄 수 있다. 이 상태에서 명상에 들어가면 우리의 마음이 공명하며 세상의 존재들을 사리 분별없이 직관적으로 바라볼 수 있게 되고, 비로소 새로운 인식을 위한 가능성의 문이 열리게 된다.

모든 명상의 전제조건인 복식호흡이, 누구나 할 수 있는 가장 쉽고 근본적인 행위라는 것은 시사하는 바가 매우 크다. 복식호흡은 식자와 무지자, 부자와 빈자, 성별, 권위의 유무와 무관

하게 자연인으로서의 인간이라면 누구나 할 수 있다. 이런 사실이야말로 인간 본질로 향한 문은 누구에게나 활짝 열려있음을 의미하기 때문이다.

명상에 대한 나의 목표는 '언제 어디서나 명상하기'이다. 그래서 평소에도 명상을 떠올리게 되면 바로 복식호흡을 시작한다. 마음만 먹으면 언제 어디서나, 심지어 화장실에서도 할 수 있기에 목표로 삼은 것이다.

명상의 핵심은 '지금에 머무르기'이다. 우리 마음이 어지럽고 불행한 이유는, 과거의 행복하지 못했던 경험과 미래의 불안에 얽매여 있기 때문이라 생각한다. 이는 전혀 불행하지 않은 '지금'에 정신과 마음을 붙잡아두는 것이란 의미로 해석될 수 있다.

앞서 언급한 명상법 중 비교적 쉽고 재미있는 명상법을 하나 소개해 본다. 색깔 명상이 그것이다. 이 명상은 가부좌를 틀거나, 아니면 자신만의 편안한 자세로 시작해도 좋다.

눈을 반쯤 감은 상태로 전방 아래를 지긋이 바라본다. 다음은 복식호흡. 들숨과 날숨을 관찰한다. 마음이 고요해졌다고 생각되면 편안한 마음으로 여러 색깔 중, 한 가지 색을 떠올린다. 그 색을 마음속으로 가만히 들여다본다. 잠시 후 눈을 천천히 뜨고 고개를 천천히 돌려 주위에 내가 떠올린 색이 어디에 있는지 찾아본다.

그 색깔이 평소와는 달리 자신의 눈에 아주 선명히 들어온다면, 그건 자신이 그 색과 그 사물을 직관적으로 보기 시작했다는 반가운 신호일 수 있다.

내가 명상을 지금까지 이어온 이유는, '지금' '이 순간'만이 나에게 허락된 진짜 시간임을 '언제 어디서나 늘' 깨닫기 위해서다. 그래서 나는 오늘도 명상한다.

정 길 선

작품　　1. 잔디야, 같이 갈까?

2. 아들, 괜찮아

3. 김장하는 남자

프로필　**학력**　한국교원대학교 교육정책전문대학원 석사

경력　인천광역시교육청 지방교육행정사무관(27년 재직 중)

활동　인천광역시교육청 교육행정 정책연구회 연구분과 총무

2022년 ~ 현재

이메일　oldmoon2024@naver.com

잔디야, 같이 갈까?

정
길
선

　2년 전 꽃봉오리가 나뭇가지 끝에 매달리기 시작한 3월. 나는 ○○여자고등학교에 행정실장으로 발령받아 왔다. 학교에서 교육재정을 운영하고, 학교시설 관리를 맡은 행정실은 현관에 들어서면 오른쪽 바로 앞에 있다. 그곳에 매일 출근하는 여섯 명의 직원들은 가족보다 더 많은 시간을 함께하고 있다.

우리 학교는 인천에서 오래된 도시의 가운데쯤에 자리 잡고 있다. 콘크리트 벽체를 빨간 벽돌로 덮은 건물에, 중앙 현관 양쪽으로 날개 모양이 비스듬히 늘어선 건물의 배치는 예술적인 풍미를 머금고 있다. 넓은 부지 중앙에 있는 교사동 건물 앞에 꾸며진 잔디밭은 공원과 정원의 중간쯤 크기로, 가운데는 얕은 웅덩이 하나를 두고 있다. 그 주변에는 통일성 없이 자리 잡은 수십 그루의 나무들이 어우러져 있다.

운동장 왼쪽으로는 메타세콰이어 숲과 대추나무, 배롱나무들이 자리하고 있고, 오른쪽으로는 이제 막 조성된 잔디 광장이 흔들 그네를 곁에 두고 있다. 건물 뒤로 몇 발짝 들어가면, 본관과 별관 사이에도 수십 종의 고목들이 있어, 도심에서는 보기 드문 자연의 정취를 느낄 수 있는 학교다.

평소와 다름없이 출근하던 어느 날이었다. 매캐한 휘발유 냄새와 엔진 소리에 예초기로 잔디 깎기 작업을 하는 것임을 금방 알 수 있었다. 멀리서 교사동 앞에 잔디를 깎는 BTL소장님(학교시설 유지관리를 위탁받아 운영하는 회사 소속의 학교 담당 책임자)의 모습이 보였다. 잔디 깎는 걸 중단 시키기 위해, 나는 부지런히 작업 현장으로 갔다.

    이 같은 뜨락 전쟁이 시작된 계기는 작년 3월, 지금의 교장 선생님께서 부임하시면서부터다. 교장 선생님은 정원수, 나무, 꽃, 새 등 자연 친화적인 것에 애착이 많은 분으로 2년 남짓 정년을 앞두고 계셨다.

    그날도 앞뜰에서 잔디 깎는 예초기 엔진소리가 들릴 때였다. 교장 선생님께서 행정실에 오셔서 나를 부르셨다. 현관 앞에서 잔디 깎는 모습을 지켜보시며 아쉬운 얼굴로 내게 말씀하셨다. "실장님, 봄이라 정원에 꽃대가 올라오는 것 같은데, 좀 더 있다가 잔디를 깎으면 안 될까요? 꽃들도 살려고 나오는 건데…" 전문적인 소장님의 잔디 관리에 대해, 비전문가인 내가 얘기하는 게 과연 옳은 일일까를 잠시 고민했다.

    꽃과 식물에 관심이 없던 나는, 우리 학교에 피는 꽃들을 생명체로 생각해 본 적이 없었다. 잔디밭에 꽃이 올라오는 것조차 무관심했다. 교장 선생님의 말씀에 그제야 나는, 무언가 놓치고 있다는 생각이 들었다.

"한번 알아보겠습니다."하고 교장 선생님께 말씀을 남기고, 나는 잔디 깎는 곳으로 갔다. 소음 때문에 수업 시작 전에 마무리 해야 하는 잔디 깎기는, 이미 절반을 진행한 상태였다. 나는 작업에 한창인 소장님께 손을 엑스 자로 흔들어 보이며 다가갔다.

잔디를 나중에 깎아 달라고 나는, 소장님께 말씀드렸다. 하지만 소장님은 "잔디는 자라기 전에 지금 깎아야 해요. 안 그러면 일이 힘들어요. 항상 이렇게 해 왔는데 갑자기 왜 그래요?" 하시면서 다시 작업을 시작하려 했다. 나는 "관리야 힘들면 학교 예산으로 인부 더 불러 분담해도 돼요. 그런데 꽃은 나오기도 전에 베어 버리면 우리 뜰에 무슨 꽃들이 있는지도 알 수 없잖아요."라며 나중에 얘기하자는 말을 남기고 중단시켰다. 그 덕에 앞 뜨락의 반은 살아남을 수 있었다.
이후에도 소장님은 행정실에 오셔서 지금 잔디를 관리하지 않으면 나중에 풀이 자라 잔디밭이 망가진다며 몇 번의 잔디 깎기를 시도했다. 하지만 나는 그때마다 꽃이 피고 지는 시기를 알 수 없다며 조금만 조금만을 여러 차례 말씀드리며 꽃이 지기를 기다렸다.

그로부터 2주가 지난 어느 날 아침. 출근길에 정문을 들어서던 내 귓가에 또다시 예초기 엔진소리가 들렸다. 소리 나는 곳은 교사동 본관과 별관 사이 뜨락이었다. 나는 부지런히 가서 또다시 소장님 앞을 막아섰다. 불편한 기색이 역력한 소장님은, "여기는 꽃들도 별로 없고 학생들 발길이 뜸한 곳이라 깎아도 괜찮아요! 이대로 놔두면 나중에 일하기 너무 힘들어요."라시며 물러서지 않을 기세였다. 하지만 나는, "소장님 이왕 기다리신 거 올 한해는 꽃이 질 때까지 좀 놔둬 보면 어떨까요? 우리 한 번도 그렇게 해본 적 없었잖아요. 잔디 좀 죽으면 어때요?"

그렇게 말하고는 문득 나도 어떤 게 옳은 것인지, 내 직분을 망각하는 것은 아닌지, 어렴풋이 헷갈리기 시작했다.

관리 대상이 잔디인지 꽃인지. 그대로 두면 뜨락이 무명초들의 화원이 될지 무성한 잡초 지가 될지. 방치인지 보존인지. 여러 가지 상황이 겹쳐가는 것을 느끼며, 그래도 새로운 시도는 해봄직하다고 스스로 위로하며 발길을 돌렸다.

그해. 우리 학교 교정에 번갈아 피어나기 시작한 클로버, 민들레, 제비꽃, 할미꽃 등. 기존의 교정에서 볼 수 없던 꽃들이 무명초들과 함께 잔디밭 사이사이에 모습을 드러냈다. 그 작고 여린 꽃들은 모처럼 봄 햇살을 만끽했다. 그리고 꽃들이 질 때쯤, 예초기 소리가 교정에 울려 퍼졌다.

그렇게 뜨락 전쟁이 승리를 거둔 지난해에 이어 올해. 작은 꽃들이 듬성듬성 피기 시작하더니 씨앗까지 뿌렸는지 꽤 많은 군락을 만들어 사방으로 제비꽃이며 빽빽한 클로버 사이에도 샛노란 민들레가 고개를 내밀었다. 할미꽃들도 여기저기서 고개 숙인 채 도란도란 담소를 즐기는 듯했다.

그렇게 우리 학교 교정에 찾아온 봄은, 따사로운 햇살을 받으며 거니는 학생들에게나, 쪼그리고 앉아 꽃과 대화하는 듯한 학생들에게 멋진 놀이터와 휴식처로 만들어 내는 중이다.

앞으로 우리 학교 정원은 세월이 흐르며 어떤 모습으로 변할지 알 수 없다. 그러나 내 아이가 잔디일지, 무명초일지, 민들레일지, 할미꽃일지를 생각하면, 우리가 생각하는 '멋진 정원'의 의미를 한 번쯤은 고민해 볼 일이다.

아들, 괜찮아

정
길
선

2013년. 중2 아들 녀석의 뚱뚱한 몸이 눈에 들어왔다. 평소에 운동을 좋아하지 않아 아무리 급해도 뛰어가는 적이 없다. 가끔 가족 나들이로 등산이나 자전거 타러 데리고 나가지만, 늘 맛집을 들러야 하니 먹는 것에 더 진심이다.

안타까운 마음만 그득하던 차. 작정하고 아들의 비만을 막아야겠다는 결심을 했다.

자전거 타기를 좋아하는 나는, "승하야, 아빠가 인천에서 부산까지 자전거로 여행을 가려는데, 따라가면 1킬로 가는데 천 원씩. 어때?"라며 싫다고 할 게 뻔한 아들을 용돈으로 설득했다.

잠시 망설인 끝에 아들은 "맛있는 것도 먹을 수 있어?"라며 물었다. "당연하지!" 하자, 아들은 맛있는 것 다 먹을 수 있다는 말과 인천에서 부산까지라는 조건 사이에서 잠시 고민하더니 "오케이!"했다.

같은 해 10월 3일 개천절, 목요일. 학교에서 금요일을 재량 휴업일로 지정해 4일간의 꿈같은 연휴가 이어지는 날이었다. 아침 10시, 승용차로 여주 남한강변에 도착. 나는 몇 가지 조심할 내용을 아들에게 알려주고 출발했다. 자전거 타고 여유롭게 주변을 둘러보는 아들을 보니, 안전 걱정은 없을 듯했다. 주말마다 집 근처 논길에서 자전거 연습을 한 덕분이다.

나는 아들과 나란히 자전거를 타고 가며 물었다. "승하야, 돈 생기면 뭘 하고 싶어?" 아들은 신나는 얼굴로 "일단 나이키 매장에서 신상 신발을 살 거야. 또 후드 티도. 그래도 남으면 그때 생각할래."라며 사고 싶은 것을 쭉 나열했다. '그런 거는 엄마한테 조금만 떼쓰면 사 줄 텐데…'라는 생각을 하며 착하고 알뜰한 아들이 대견하기도 조금 가엽기도 했다.

자전거 페달을 열심히 밟은 덕에 노을이 질 때쯤 충주 변두리 식당에서 아들과 저녁을 먹고 허름한 모텔에 들어섰다. 나는 아들 녀석에게 내일은 오르막길이 몇 번 있어서 오늘보다 조금 힘들 수 있다는 말을 해 주었다. 아들은 첫날의 여정이 피곤했던지 침대에 들어가자 금세 잠이 들었다. 이때까지만 해도 아들과의 정다운 여행길에 금이 가리라고는 상상조차 하지 못했다.

다음 날 아침. 편의점에서 삼각김밥 몇 개 사 들고 강변 자전거길이 시작되는 탄금대로 갔다. 아들과 공원 벤치에 나란히 앉아 다음 코스를 확인하고 있을 때, 아내로부터 다급한 전화가 왔다. "승하 아빠, 담임선생님이 승하 왜 학교에 안 오냐고 전화 왔어!" "뭐어…?!" 그 말을 듣는 순간 머리가 멍해졌다. 어이가 없어 헛웃음마저 나왔다.

아내의 전화를 끊고 나니 화가 치밀어 올랐다. 그 감정을 그대로 드러내며 아들에게 물었다. "승하야, 너 오늘 학교 가는 날

이야?" 내 기세에 풀이 죽은 아들은, "엄마가 쉬는 날이라고 해서 쉬는 줄 알았는데……"라며 죄지은 사람처럼 고개를 푹 떨궜다.

그런 아들을 보며, '본인이 다니는 학교 쉬는 날을 엄마한테 물어봐!!'라고 소리를 빽 지르고 싶은 마음을 애써 눌렀다. 여행을 망칠까 싶어서였다. 집으로 가야 하나 여정을 이어가야 하나 잠시 망설였다. 하지만 여기서 돌아가면 아들 녀석이 다시는 따라오지 않을 거 같다는 생각에 일단 문경을 향해 출발했다.

자전거 페달을 밟으며 문경으로 향하는 나의 뒷모습은 여전히 화로 가득했다. 한참을 그렇게 가다가 힐끗 뒤를 보았다. 낑낑대면서도 나를 따라오려고 젖 먹던 힘까지 쏟아붓는 아들 녀석이 측은해 보였다. 화가 누그러졌다. 나는 아들 녀석을 쉬게 하려고 길 한쪽에 자전거를 세웠다. 그리고 오늘 학교 가는 거 왜 몰랐냐고 물었다. 아들은 가족 모두가 쉬는 날이니, 본인도 쉬는 날임을 의심치 않았다고 했다. 아들의 말을 듣고 보니, 그럴 수도 있겠다는 생각이 들었다.

순간, 화가 난 아빠 얼굴에서 심적인 부담을 크게 느꼈을 아들에게 너무 미안해졌다. 미안하다고 말하고 싶었지만, 오늘은 오르막이 좀 있는데 갈 수 있겠냐는 부드러운 말로 대신했다. 힘들면 집에 돌아가도 된다는 말까지 해 주었다. 하지만 아들은, "갈 수 있어, 가다가 힘들면 말할게."라며 조금쯤은 밝아진 얼굴로 대답했다.

조령고개를 넘어 연풍으로 들어서자 양쪽으로 사과나무들이 늘어서 있었다. 인심 좋은 아주머니께 사과 몇 개를 얻어 이화령 고갯길 입구에 들어섰다. 뒤를 보니 힘들게 올라오는 아들이 보였다. 나는 고개 중간쯤 길옆 전망대 벤치에 자전거를 세웠다.

아들에게 사과를 내밀었다. 한입 베어 오물오물 씹는 아들을 보며 "맛있어?"하고 물으니 아주 맛있단다. 힘에 부쳤는지 아들은 이마에 땀을 훔치며 얼마나 남았냐고 물었다. 나는 이 고개만 넘으면 평지라 여기부터는 지금 온 것보다는 수월하다고 말해주었다. 사실 그랬다. 걱정은 이화령고개였는데, 이곳 중턱까지 아들은 예상보다 훨씬 잘 따라와 대견하고 기특했다.

우여곡절 끝에 아들과 함께 이화령고개 정상에 도착했다. 정상에서 온 길을 내려다보니 구불구불한 길은 끝이 보이지 않을 만큼 길게 이어져 있었다. 아들은 자신이 하고도 뿌듯했는지, "아빠! 우리가 저 길을 올라 온 거야? 우와! 올라올 때는 몰랐는데 엄청나게 긴 길이었네?"라며 환하게 웃었다. "그래, 대단하지? 아들이 생각보다 훨씬 잘했는데? 고생했어." 아들과 함께 남은 사과를 먹으며 가을바람에 몸을 맡기고 달콤한 휴식을 취했다.

10여 년이 지난 지금. 아들의 책장 한 편에는 4대강 완주 인증패가 세워져 있다. 학교 가는 날을 놓쳐서 화난 아빠 얼굴에 불안해하던 아들에게, "승하야, 괜찮아!"라고 말하지 못한 아쉬움과 함께 말이다.

살이 올라 뒤뚱거리며 헬스장을 향하는 훌쩍 커버린 스물다섯 청년, 나의 아들 승하…. IMF보다 더 어렵다는 '청년 취업' 그 가운데 서 있는 아들…. 여기저기 이력서를 내고 면접을 보러 다녔지만, 깜깜무소식에 불안해하는 아들…. 무언가라도 하려고 애쓰며 아르바이트로 인생을 채워가는 알뜰한 아들….

그런 가여운 아들에게 속삭여 본다. "이화령고개 정상에서

처럼, 언젠가는 어려웠던 시간들을 내려다보며 웃을 수 있는 멋진 내일이 기다리고 있을 거야."

"그러니까 승하야, 괜찮아."

김장하는 남자

정
길
선

 우리 집 김장은 다양한 맛이 모였다. 장모님표 김치를 비롯
해, 처형과 누나가 담가 보낸 김장이 각각 한 통씩. 조달해 주는
인원수만큼이나 맛도 제각각이다.
 장모님 김치는 시간이 지날수록 그 맛이 점점 강해지고, 누
나 김치는 젓갈 향이 짙어 찌개 전용으로 변해서 좋다. 대구 처형
이 매년 보내오는 김치는, 이제 막 담근 것 같은 김치부터 푹 익

은 김치까지 그 맛이 제일이다. 그래서 늘 몇 통 더 부탁하고 싶었지만, 김장하는 과정이 녹록지 않음을 알기에 부탁하기가 어려웠다.

그러던 4년 전 늦가을. 1년에 한 통밖에 먹을 수 없어 아쉽던, 대구 김치를 직접 담아 보기로 작정하고 처형한테서 레시피를 전수받았다.

"엄마하고 언니한테 몇 통씩 얻어먹고, 부족하면 사 먹으면 되지." "왜 힘들게 담그려고. 난 못해!" "할 거면 자기 혼자 해. 배추 절이기가 얼마나 힘든데." 아내의 볼멘소리와 극구 만류에도 불구하고, 맛있는 대구 김치를 실컷 먹어보고 싶다는 생각으로, 나는 두 팔을 걷어붙였다.

대학 수능 날 덕에 직장을 쉬게 된 아내는, 투덜대며 남촌동 배추밭에 가서 배추 20포기를 사 왔다. 이틀 후. 나는 퇴근하자마자 번개같이 달려가 베란다에 사다 놓은 배추를 다듬고 2등분 칼집 처리까지 해두었다.

'배추절임만 잘하면 김장은 끝이다'라는 인터넷 명언을 마음에 새기며, 배추와 소금을 들고 비좁은 욕조에 쭈그리고 앉았다.

삐걱거리는 허리를 연신 두드려가며 정성 가득 배추 절이기를 끝냈다. 욕조에 나란히 누워 소금기를 듬뿍 머금은 배추를 보고 있노라니 뿌듯한 마음이 절로 들었다. 다음은 전수받은 레시피를 꼼꼼히 살피며 양념 재료를 준비했다.

새벽 한 시쯤. 배추를 뒤집고 나서 배춧잎을 떼어 먹어보니 너무 짜다. 소금물을 조금 버리고 새 물을 부어 희석하고 나니 새벽 두 시가 되었다.

다음 날 아침. 무거운 눈꺼풀을 들어 올리며 욕조로 가보니, 배추가 반은 숨이 죽었는데 반은 쌩쌩했다. '더 절여야 하나? 밥 먹고 나서 건지면 좀 나아지겠지?'라고 생각하며 아침을 먹고 다시 가보니 똑같았다. 더 절였다가는 짜겠다 싶어 배추를 씻어 물이 빠지도록 채반에 차곡차곡 올려 두었다.

준비한 양념을 잘 섞어 붓고 한 달 전에 장모님이 주신 얼린 마늘 지퍼백을 냉동실에서 꺼내 부으려니 들어가야 할 여덟 컵의 양을 셀 수가 없었다. 지퍼백 크기로 보아 두세 컵은 될 듯했다. 세 덩어리를 넣고 고개를 꺄우뚱하며, 거기에 하나를 더 넣었다. 그런 나를 보며 무를 썰던 아내는, 너무 많이 넣은 거 아니냐며 믿을 수 없단 눈치였다.

레시피에 적힌 대로 양념 통에 풀, 액젓, 갓, 파 등 모든 재료를 수북이 쌓고 얼린 마늘을 위에 올린 후, 나는 양손으로 휘젓기 시작했다.

모든 재료 준비가 끝나고 나니, 거실은 마치 김장 공장과도 같았다. 우리 부부와 아이들까지, 빙 둘러앉아 절인 배추에 양념을 넣다 보니 뭔가 큰일 하는 것 같았다. 다섯 식구가 손을 보태니 버무리는 것은 순식간이었다.

점심쯤. 아내가 김장김치 한쪽을 잘라 식사를 준비했다. 그런데 김장김치 한쪽을 입에 넣는 순간, 목을 넘어가며 마늘 향이 진동했다. 게다가 덜 절여진 배추는 봄동 겉절이처럼 뻣뻣했고, 그나마 잘 절여졌던 배추도 마늘 향이 너무 강해 김치 전체가 맛이 별로였다.

모처럼 손수 김장했으니 둘째 처형과 장모님께 드리겠다는 전화를 넣었다. 그러나 대구에서 보내주기로 했다며 모두 극구 사양하셨다. 결국 우리 집 좁은 김치냉장고에 김치 통을 꽉꽉 채워 넣어야 했다.

그해. 지나치게 많이 넣었던 마늘 김장은, 냉장고에 들어간 지 수개월 동안 외면을 받았다. 그렇게 시간이 흐르고 다음 해 이른 봄이었다.

너무 맛없어 잠자고 있던 김치가 아까웠던지 아내가 김치냉장고에서 김치 한쪽을 꺼내 식탁에 올렸다. 그런데 이게 웬일인가. 마늘 향이 너무 짙어 먹기조차 겁나던 김치가 뻣뻣한 기운도 수그러들고, 아주 맛깔나는 김치로 변신해 있었다. 그렇게 나의 첫 김장은, 여름이 되기도 전에 절반이 사라졌고 우리 집 식탁에서 빼놓을 수 없는 맛김치가 되었다.

김장을 직접 담가보니 그 수고로움이 얼마나 크던지…. 그동안 얻어먹기만 했던 게 너무 미안해질 정도였다. 김장 한 통을 주기 위해 몇 달 전부터 시장을 돌고, 준비한 재료들을 씻고, 연신 허리를 두드리며 배추를 절이고…. 배춧속 양념을 하고…. 이어지는 뒤처리까지. 김치 한 통에 담긴 노력과 시간들에 감사한 마음이 절로 들었다. 얻어먹으면서도 맛이 있네 없네 불평하며 배려를 권리처럼 생각하던 내가 부끄러워졌다.

첫 김장 도전에 성공했으니, 나도 넉넉한 마음으로 보답해야 겠다. 장모님 한 통. 처형네 한 통. 동생네도 한 통. 또 어려운 이 웃도 한 통. 그리하다 보면 정도 사랑도 무르익어가리라는 마음으로, 나는 해마다 대학 수능 날이면 김장을 한다.

임해순

작품   1. 추억의 책장을 넘기며

2. 까치야, 미안하다

3. 짠돌이 신랑을 소개합니다

프로필

학력	인하대학교 대학원 석사
경력	인천광역시교육청 지방교육행정사무관(27년 재직 중)
활동	인천광역시교육청 교육행정 정책연구회 홍보분과장 (2024년~ 현재)
	인천광역시교육청 교육행정 정책연구회 글쓰기 동아리 '글힘' 회원(2023년~ 현재)
	인천광역시교육청 관리자 공무원 독서 모임 '여리' 회원 (2018년~ 현재)
저서	「산다는 건, 이런 게 아니겠니!」 (2023, 모모북스)
	「그래도 직장은 다녀야지」 (2021, 키효북스)
이메일	hasslein09@naver.com

추억의 책장을 넘기며

임
해
순

"안녕하세요. 행정실장 임해순 입니다. 인천과학고에서 2년 동안 정들었던 시간을 마치고 이제 새로운 학교로 떠나게 되었습니다."

"승진 후, 첫 학교라 설렘을 안고 추운 줄도 모르고 신나게 근무했고……."

모든 교직원들 앞에서 작별 인사말을 하다가 목이 메어 적어 간 원고를 다 읽지 못했던 그 순간의 시간. 추억의 책장 속, 페이지를 넘기면 언제나 나의 아련한 시선이 머무는 곳. 인천과학고는 내게 그런 학교다.

6년 전 1월. 첫 출근을 하자마자 나는 학교시설 전체를 돌아보았다. 학교는 명문이었으나 시설은 볼품없이 너무 낡아 있었다. 주변에 개교한 신설 학교와는 비교조차 할 수 없을 정도였다. 나는 곧바로 '시설 보수 계획서'를 작성하여 교장 선생님께 보고 후, 학교시설을 바꾸는 데 공을 들이기 시작했다.

제일 먼저 손을 댄 것이 학교 외부 간판. 명문 학교인데 학교 간판이 글씨가 안 보이도록 낡았다는 건 말이 안 된다는 생각에서다. 중앙현관 기둥에 구리로 붙여 놓은 학교 현판도 녹색 페인트를 다시 칠해 학교 이름이 잘 보이게끔 했다.

끽끽 신음하던 현관 출입문도 뜯어 버리고 강화유리문으로 바꾸었다. 기숙사로 연결되는 통로 바닥에 물이 고이고 미끄러져 학생들이 다칠까 염려되어 썩지 않을 합성 목재로 바닥을 새로 깔아서 비나 눈이 와도 미끄럽지 않게 바꾸기도 했다.

건물 중앙현관으로 들어가면 중정이 나오는데, 4층 천장을 올려다보면 하늘이 보이도록 강화유리로 마감되어 뷰가 좋았다. 하지만 비만 오면 곳곳에서 물이 샜다. 게다가 장마철만 되면 크고 작은 양동이들을 줄 세워 물받이를 해야만 했다. 나는 급한 대로 비를 막기 위해 임시방편이지만 중정 천장에 하우스용 비닐을 씌우도록 조치했다.

당시 학생부장님은 여학생회를 새롭게 만들어서 학생 자치 활동에 각별한 애정이 있으셨는데, 그 마음에 힘을 실어주기 위해 나는 학생들이 희망하는 여학생 탈의실을 새로 꾸며 예쁜 커튼 달아주기, 거울과 옷걸이 수납함 달아주기 등을 적극적으로 지원해 주었다. 또 축제 기간이면 여학생들이 좁은 교실에서 댄스 연습하는 모습이 안쓰러워 강당 한쪽 벽면에 커다란 거울을 붙여서 무용실처럼 꾸며주기도 했다.

어느 날은 학생회장 공약사항이 화장실마다 물비누를 설치하는 거라는 말을 듣고, 당선 즉시 모든 화장실에 물비누를 설치해 주기도 했다. 하루가 다르게 예쁘게 단장되어가는 학교 모습에 신이 난 나는, 시설 보수 요청 사항이 있으면 즉시 해결을 원칙으로 추진했다.

학생들은 본인들의 건의 사항이 수용되고 바뀌는 것을 체감하는 듯했다. 자연스레 어른들에 대한 신뢰가 쌓인 학생들은, 스승의 날에는 내게 감사 편지를 써서 보내주기도 했다.

교화가 장미인데 교내에서 장미를 찾기 어려웠다. 학교 상징을 돋보이게 하고 싶었다. 때마침 식목일을 맞아 운동장 울타리에 조금 피어있던 덩굴장미 줄기를 울타리 위로 올려서 고정했더니, 예쁜 장미꽃을 많이 볼 수 있게 되었다.

학교 밖 화단 주변에는 예쁜 꽃나무가 많았다. 연못 근처에는 분홍 꽃잔디가 피어나고 개나리 진달래가 군락을 이루었다. 벚꽃 나무가 학교 앞 인도에 흐드러지게 피어나면 진해 군항제 부럽지 않은 꽃길이 펼쳐졌다. 학생들은 기념사진을 찍느라 신바람이 났다.

점심시간이면 밥 먹고 앵두 따러 화단에 가고, 가을에는 학교 뒷산으로 밤을 주우러 갔다. 눈 오는 겨울에는 학교 뒤편 백운산에 올라가 새하얀 눈 위에 발자국을 남기기도 하며 교장 선생님과 함께한 추억이 참 많았다.

추억이 차곡차곡 쌓일 무렵. 작별의 시간이 찾아왔다. 그때는 목이 메어 차마 읽지 못했던 원고가 지금도 책장 속에 숨 쉬고 있다. 학교에 각별한 애정을 쏟아부었던 시간…. 고마워하던 학생들의 눈길…. 패딩 조끼 사주어서 고맙다며 행정실에 온 시설물 청소원과 당직 주무관님…. 성격 급한 나를 도와 무엇이든 신속하게 처리해 준 맥가이버 시설 주무관님들까지…. 화목했던 교직원들과 헤어진다니 흐르는 눈물이 멈추지 않았다.

인천의 다른 학교로 발령받아 근무할 때도 영종도가 늘 그리웠다. 정든 교정과 함께한 사람들이 자꾸만 생각났다. 인천대교를 오가며 출근길에 만나던 눈 부신 햇살, 퇴근길에 바라보던 저녁노을. 나는 그 순간들을 더 소중히 간직하고 싶어 영종도 학교에서의 추억을 글로 쓰기 시작했다. 그리고 이듬해 가을. 나는 첫 에세이집을 출간하게 되었다.

그렇게 나의 채취가 묻어 있던 곳. 사람 냄새 물씬 풍기던 영종도 인천과학고의 추억은, 오랜 시간이 지나도 빛바래지 않을 생생한 추억의 한 페이지다.

까치야, 미안하다

임
해
순

"꺄아악– 당장 까치집 치워줘–! 제발…!!"

"까, 까치집? 그게 어디 있어?" 갑자기 막내가 본인 방에 까
치집을 치워달라는 통에 집안이 발칵 뒤집혔다.

출장 중이라 집에 없는 나는, 눈으로 볼 수 없어 답답한데. 신
랑은 막내 방으로 갔는지 조용하다가 한참 뒤 카톡에다 사진을

올렸다. 사진을 확인해 보니, 크고 작은 나뭇가지가 막내 방 창쪽에 수북이 쌓여 있는 게 보였다. "헐! 대박! 아니, 이 많은 나뭇가지가 도대체 어디에서 나온 거야?" 저녁 먹고 호텔 방에 들어와 쉬고 있던 차에 난데없는 벼락을 맞은 기분이었다.

내가 사는 동네에는 아파트 단지 사이에 근린공원이 조성되어 있다. 아침에 눈을 뜨면 까치들이 깍깍 노래하고, 저녁에는 산비둘기가 구구구 우는 곳이다. 공원을 빙 둘러 산책길이 있고 아름드리 고목들은 그늘을 만들어 준다. 작은 공원이지만 새소리도 들리고 군데군데 벤치가 있어 잠시 휴식을 취하기 좋다.

겨우내 메말랐던 나뭇가지에 새순이 돋고 어느새 예쁜 꽃들이 피어나고. 한겨울 눈 내릴 때면 앙상한 가지 위에 소복하게 내린 눈이 절정을 이루는 그런 공원이다.

가족 단톡방에는 캐나다 교환학생으로 간 막내가 현지 생활을 잘하고 있다며 기숙사에서 만든 음식 사진이 올라오고, 서로 안부를 주고받는 공간으로 활용되었는데, 오늘은 사달을 전하는 공간으로 바뀌었다.

이런 소동이 일어나기 한 달 전. 큰딸이 막내 방에서 자고 일어나니, 창밖에 나무 조각들이 쌓여 있었는데 미리 말한다는 걸 깜박했단다. 그사이 까치들은 부지런히 나뭇가지를 가져다가 집을 지었을 것이다. 미리 말했어야 했는데 잊어버렸다는 큰딸의 말에 어이가 없었다.

"엄마, 내방에 벌레 있어! 빨리! 빨리 치워줘!!" 기함하는 소리에 가보면, 별것도 아닌 작은 벌레를 앞에 두고도 구석진 벽에 바짝 붙어 진저리를 치는 막내다. 여름 장마철에 다리가 스무 개도 넘는 돈벌레가 방구석에 기어 다니면, 괴성을 지르며 의자 위에 올라가서 벌벌 떨고. 가을에 귀뚜라미가 창문으로 들어와서 귀뚤귀뚤 울라치면, 침대를 훌러덩 뒤집어 소독약을 뿌려 기어코 잡아 없애는 벌레라면 치를 떠는데…!! 그런 막내 방에 까치집이라니. 까치가 집을 지은 것도 놀랍지만, 만약 발견하지 못했다면 까치는 막내 방에서 알을 낳고 새끼를 부화시킨다는 건가? 아뿔싸!

출장 중이라 당장 눈으로 볼 수 없으니 생각을 되짚어 보았다. 작년 여름 유난히 덥다는 일기 예보에 큰맘 먹고 막내 방에 벽걸이 에어컨을 설치했던 게 기억났다. 방에는 베란다가 없으니, 에어컨 실외기를 창문 밖에 벽 아래 거치대로 고정해 주었다. 아파트 외벽과 실외기 사이에 한 뼘 정도 간격이 있는데, 까치는 그 틈에다가 둥지를 만들고 있었나 보다.

공원이 바로 보이는 곳이 막내 방이다 보니, 영리한 까치들이 시야를 확보할 수 있고, 창문이 몇 달 동안 움직이지 않으니 안전한 곳이라 생각하여 위치를 정했나 보다.

짐작하건대, 까치는 막내 방 창가에 조심스럽게 나뭇가지를 올려놓고 주위를 살폈을 것이다. 정말 이곳에 보금자리를 만들어도 좋을지, '예쁜 새끼가 태어나려면 무사히 알을 부화해야 할 텐데…'라는 생각으로, 다음날 그다음 날에도 까치는 나뭇가지를 물어다가 부지런히 집을 지었을 것이다.

큰딸이 좀 더 빨리 알려주었으면 까치들이 일찌감치 포기하고 둥지를 옮겼을까? 왜 나무도 아닌 철제 에어컨 실외기 틈에 집을 지으려고 했을까? 도심에 사는 새들이 처한 환경에 대해 한번쯤 생각해 볼 일이었다.

어쩌면 이 지역에서 아파트보다 까치들이 먼저 터전을 이루고 살았을지도 모른다. 도시개발을 계획하고 시행하면서 그곳의 터줏대감인 동, 식물에 대한 보호 정책을 얼마나 반영했는지 깊이 생각해 볼 문제다.

공원을 새로 조성할 때 새 둥지도 함께 만들어 주면 어땠을까. 기거할 집이라도 있으면 안심하고 알을 부화하여 새끼를 낳았을 것이고, 위태롭게 아파트 외벽에 만들지 않았을 것이다. 출장 중이니 당장 집으로 달려가 해결해 줄 수도 없어 심란한 마음에 잠을 이룰 수 없었다.

다음 날 아침. 까치집을 치운 신랑은, 까치 두 마리가 날아와서 서럽게 울고 갔다며 전화로 상황을 전해주었다. '아이고, 어쩌나, 안타까워라. 밤새 안녕이라더니 애지중지 짓던 보금자리가 사라졌으니 까치 부부는 우리를 얼마나 원망할꼬. 사람이건 짐승이건 한을 품으면 오뉴월에도 서리가 내릴 진데…' 그런 상념에 젖은 채, 신랑의 말을 들으며 마음이 어지러웠다.

요즘 출퇴근 길에 까치를 만나면 막내 방 창밖에서 집을 잃고 깍깍 울었을 까치 부부가 생각나서 미안해진다. 어디서 물어 왔는지 제법 두껍고 튼튼한 나뭇가지들로 꿈을 꾸며 둥지를 틀었을 까치 부부. 까치들도 사람처럼 까치답게 날고 싶을 때 날고, 안전하게 둥지를 틀고 살아야 하지 않을까.

나무와 숲, 새들과 꽃. 그리고 ……사람. 모두가 조화를 이루고 살아야 다 함께 건강하고 행복하게 살 수 있는 건 아닐까. 어쩔 수 없이 떠난 까치 부부도 부디 건강하게 새끼를 낳아 잘 키우면서 살아가기를 기원해 본다.

짠돌이 신랑을 소개합니다

임
해
순

결혼 전에는 현금을 두둑이 가지고 다니며 맛있는 회도 사주고, 고기도 사주는 남자였어요. 근데 막상 결혼하고 나니 허구한 날 비빔국수 아니면 칼국수만 끓여 주더라고요. 맛은 있었지만 그래도 그렇지, 어떻게 맨날 국수만 만들어 주냐고요.

올해로 결혼 27년 차에 접어드는데요. 함께 산 세월만큼 소금이 뚝뚝 떨어지는 자타공인 짠돌이 신랑을 어찌할까요. 아끼고 저축해서 그동안 집도 장만하고 남에게 돈 빌리러 가지 않을 만큼의 경제적 여유도 얻었는데도, 계절별로 검은색 바지 3장, 셔츠 6장, 외투 2장, 운동화 2켤레면 1년을 버틸 수 있대요.

아이들 어릴 적. 제가 딸들에게 추억을 만들어 줘야 한다며 여행을 가자고 했어요. 근데 뭐라는 줄 아세요? 왜 집을 놔두고 밖에서 애먼 숙박비를 쓰냐고 합니다. 신랑의 고집을 꺾을 수 없던 저는, 결국 어린 딸 둘을 데리고 제주도행 비행기 표를 예매해 2박 3일 여행을 갔답니다.

이틀간 택시를 타고 다니며 관광했는데요. 기사님이 완전체 가족이 아닌 게 마음 쓰이셨는지, 다음에는 꼭 신랑과 같이 오라고 당부했던 말씀이 지금도 생각납니다.

그뿐이면 다행이게요. 거래처 회식이라도 하는 날에는 꼭 끈 있는 신발을 신고 가요. 회식이 끝날 무렵 누가 돈을 낼지 애매할 때 신랑은 신발 끈을 풀러 다시 맨다고 하네요. 누군가 그사이 계산을 마치면 그때야 슬그머니 일어난대요. 아휴, 진짜 못 말리는 신랑입니다.

결혼 16년 차 때인가. 제가 감사팀에 근무할 때로 기억되네요. 공직자 재산공개를 해야 해서, 신랑의 예금 잔액 증명서를 달라고 했어요. 그런데 이 남자가 투덜거리며 내민 종이를 보니…!!

눈알을 떼굴떼굴 굴리며 동그라미를 세어보았죠. 일. 십. 백. 천. 만. 십만. 백만… 천…천만… 억? 억-! 동그라미를 잘못 세었나 다시 세어봐도 억이 맞네요. 이럴 수가. 아니, 이 많은 돈을 어떻게 모았을까요? 매달 나가는 돈이 뻔한데 말이죠. 마누라 생활비 주고, 아버지 용돈 드리고, 자동차 유지비까지 내고 나면 남는 게 없었을 텐데…. 자린고비 신랑은 오로지 돈만 모았던 겁니다.

1억 원이 생겼다는 이야기를 들은 저의 지인들은, 횡재했다며 신랑에게 절반만 달라고 하라는 둥 한턱을 내라는 둥 농담을 했지만, 제 마음은 편치 않았어요.

남자가 나가서 어쩌다 한 번쯤은 통 크게 카드를 긁을 법도 한데…. 허세 한번 못 떨고 주눅 들어 늘 누가 돈을 낼 것인지 눈치 보았을 이 남자…. 아끼고 또 아껴가며 그 돈을 모았을 신랑을 생각하니 짠한 마음이 들어 절로 눈시울이 붉어집니다.

평소에는 짠돌이라 생각하며 못마땅했었는데. 이를 계기로 신랑은 저 자신까지 되돌아보게 하네요. "오늘, 다 모여. 내가 쏜다."라며 부하직원들에게 큰소리치던 나…. 윗사람들에게는 "팀장님, 날도 꾸물꾸물 한데 대포 한잔 어떠세요?"라며 넉살 좋게 웃던 나…. 제가 가자고 했으니 술값은 저의 주머니에서 나오는 게 당연지사. 그렇게 살다 보니 제 통장에는 돈이 남아나질 않았겠죠.

신랑을 너무 짠돌이로 몰아붙인 것 같아 미안한 생각마저 드네요. 그래서 자랑도 좀 해봅니다. 사랑하는 딸들에게는 아주 후하답니다. 막내딸 용돈도 넉넉히 주고 아이들이 해외여행이라도 간다고 하면 여행경비도 두둑하게 챙겨주죠.

그뿐만 아니라, 요리 실력도 수준급. 신랑표 김치찌개는 푹 익은 김치에 돼지고기를 넣고 뭉근하게 끓여서, 갓 지은 밥 위에 김치를 쭉쭉 찢어 얹어 먹으면 꿀맛이죠. 고등어 조림도 냄새 하나 나지 않게 잘하죠. 또 제가 좋아하는 오이김치도 맛깔나게 잘 담근답니다.

의료상식도 풍부해서 어디 아프다고 하면 내과로 가라, 약국으로 가라 즉시 처방을 내려주기도 한답니다. 제가 배가 아프다고 하면 바로 약을 꺼내주며 한마디 합니다. "나 없으면 어떻게 살래?"하고 말이죠.

생각해보니 그러네요. 전 신랑 없이는 못 살 거 같거든요. 비록 짠돌이 신랑이지만 가족을 위해 열심히 사는 남자. 돈을 허투루 쓰지 않고 쌈짓돈이 생기면 바로 저축하는 알뜰한 남자. 먹고 싶은 거 말만 하면 뚝딱뚝딱 만들어 주는 남자. 퇴근 후 새우깡 한 봉지만 있으면 행복한 남자.

이런 남자에게 제가 바람이 있다면 이제는 베풀면서 살자고 말해주고 싶어요. 적십자 회비도 척척 내고, 누가 술 한잔 사달라고 하면 '그래, 좋다!' 하면서 어쩌다 한번은 술값도 좀 내고요.

짠돌이 신랑을 소개하다 보니, 어느새 밤이 깊었네요. 이 남자 아직 집에 안 들어온 거 보니, 회식 자리가 있나 보네요. 오늘도 신발 끈 풀었다 맸다 하겠죠?! 그런 신랑을 향해 외쳐 봅니다.

"여보야, 가끔은 어려운 사람 만나면 쌈짓돈 좀 풀어 돕기도 해! 신발 끈 풀었다 매는 것도 적당히 하고."

그런데 우리 신랑이 과연 제 말을 들어줄까요?

윤한진

프로필 | 학력 | 숙명여자대학교 문헌정보학과 졸업 |
|---|---|
| | 숙명여자대학교 정책대학원 졸업(사회복지 전공) |
| 경력 | 인천광역시교육청 지방사서사무관(34년 재직 중) |
| 활동 | 인천광역시교육청 청렴교육 강사 2022~2024 |
| 저서 | 「산다는 건, 이런 게 아니겠니!」(2023, 모모북스) |
| 이메일 | hj16@korea.kr |

친구를 찾습니다

윤
한
진

'저녁을 먹고 나면 허물없이 찾아가 차 한 잔을 마시고 싶다고 말할 수 있는 친구가 있었으면 좋겠다. 입은 옷을 갈아입지 않고 김치 냄새가 좀 나더라도 흉보지 않을 친구가 우리 집 가까이에 있었으면 좋겠다. 비 오는 오후나 눈 내리는 밤에 고무신을 끌고 찾아가도 좋을 친구, 밤늦도록 공허한 마음도 마음 놓고 열어 보일 수 있고, 악의 없이 남의 얘기를 주고받고 나서도 말이 날까

걱정되지 않는 친구가 …'

유안진 님의 '지란지교를 꿈꾸며'를 가만히 읊자면 늘 생각
나는 친구가 있다. 김태숙. 그녀를 찾기로 했다.

1983년 나의 학창 시절. 청주 시내 위치한 무심천에서 멀지
않은 우리 고등학교는 한 학년에 10반이 있었다. 1반, 2반, 3반으
로 부르지 않고 '인의예지진선미정경효(仁義禮智眞善美貞敬孝)'로
반 이름을 정했다.

나와 태숙이는 고3 때 선(善)반이 되며 만났다. 나보다 훨씬
키도 크고 마음 또한 비단결 같은 친구다.

당시 담임 선생님의 기발한 아이디어로 월요일 아침에 앉는
자리가 그 한 주 동안 지정석이 되었다. 우리가 친하게 된 계기
는, 월요일 아침이면 자리를 맡기 위해 앞다투어 등교해 원하는
자리에 앉으면서다. 둘 다 학교 가까운 거리에서 자취했기에 다
른 친구들에 비해 자리다툼이 유리했다.

태숙이와 나는, 원하는 앞뒤 자리에 앉아 쉬는 시간이면 도
란도란 이야기꽃을 피우며 사이가 더욱 돈독해졌다. 아침 8시에

등교해 방과 후 10시까지의 야간 자율학습을 해야 하니, 하루 스물네 시간을 거의 붙어 있었다고 해도 과언이 아니었다.

그것도 모자라 태숙이네 집에도 문턱이 닳도록 갔다. 당시 청주에서 보기 드문 사직 주공 아파트인 태숙이네 집은, 연탄보일러에 방 2개, 거실 겸 부엌이 딸린 13평 전셋집이었다.

태숙이가 맏이라 넓은 집을 아버지가 구해주신 이유도 있지만, 동생들도 공부하러 올 것이니 마련해 주신 것이라고 했다. 태숙이와 함께 살던 고1 동생도 성격이 온순해, 우린 다 함께 잘 어울렸다.

그에 비해 나의 자취 생활은 안채에 딸린 한 칸짜리 방이 전부였다. 언니와 함께 살았지만, 언니가 고등학교 졸업 후 서울로 상경하는 바람에 나는 혼자 남게 되었다.

평일에는 야간 자율학습이 있었기에, 태숙이네 아파트에 가는 일이 거의 없었다. 하지만 내가 본가에 가지 않는 주말이나 수업이 일찍 끝나는 날에는 태숙이네 집에 꼭 들렀다. 우린 함께 밥도 해 먹고 숙제도 하며 학교에서 다하지 못한 이야기도 나누었다. 그런 시간 들이 객지 생활의 쓸쓸함을 달래며 서로에게 큰 위로가 되었다.

어느 날은 둘이 아파트 관리사무소 회의실에서 공부한답시고 들어갔다가, 공부는커녕 밤새는 줄 모르는 수다에 인근 사찰 타종 소리에 화들짝 놀라 등교를 위해 서둘러 집에 온 적도 있다.

그해 태숙이는 간호학과에 진학하고 나는 대학 입학에 실패, 재수를 하게 되었다. 입시 공부로 인해 자주 만나지는 못했지만 가끔은 친구의 위로가 힘이 되었다. 다음 해. 내가 서울 소재 대학에 합격하여 다시 만날 수 있었고 서울에서 청주에 내려가는 날이면 번화가인 본정통에서 만나 많은 이야기를 나누었다.

그렇게 내내 만나던 친구를 휴대폰 번호 이동으로 인해 소식이 끊겼다. 몇 명의 지인들에게 물어보았지만 모두 각자 살기 바빠서인지 태숙이 소식에 변변한 답을 해 주지 못했다.

그러던 어느 날. 우연히 교육계에 근무하는 동생과 이야기를 나누게 되었다. 동생은 학교 전산망을 활용하면 태숙이를 찾을 방법이 있을지도 모르겠다고 말했다. 순간, 얼마나 기뻤는지, "야호!"를 외치며 나는 아이처럼 마냥 들떴다.

이후. 친구를 찾아준다던 동생의 소식은 감감무소식이었다. 업무로 바빠 주말에도 직장에 나가 일하는 동생에게, 나는 태숙이를 빨리 찾아내라고 독촉할 처지도 못 되었다. 그러기를 3년. 참다못한 나는 득달같이 동생에게 전화했다. 내 친구 찾는 건 어떻게 됐냐고 물었더니 깜짝 놀라며 너무 바빠 신경 쓸 틈이 없었다고 했다. 나는 하루라도 빨리 태숙이를 찾고 싶다며, 간곡히 부탁하고 전화를 끊었다.

그렇게 동생은 1965~1967년생 김태숙 찾기를 시작하였다. 검색 결과 얼댓 명의 동일 이름을 찾은 후, 일일이 전화를 걸었다고 한다. "여보세요, 혹시 ○○고등학교 ○회 졸업생이신가요?" 이 말을 수없이 반복했을 동생의 노고로 드디어 나의 친구, 김태숙을 찾았다.

친구의 소재를 파악한 나는, 떨리는 손으로 얼른 휴대폰 번호를 눌렀다. 이내 친구의 들뜬 목소리가 전화기 너머에서 들려

왔다. "진아! 얼마 만이야? 어떻게 지냈어? 어디 살아? 어디 근무해?" 재차 안부를 물으며 둘 다 감격에 겨워 한동안 말을 이을 수 없었다.

태숙이는 내 이름의 끝 자를 따서, 나를 '진이'라고 불렀다. 어쩌면 진짜 이름인 '한진'이보다 '진이'라 불러주어 친근함이 더했는지 모른다. 아주 오랜 시간 만나지 않았는데도 예전이나 지금이나 정겨운 감정이 그대로 느껴졌다. 긴 시간 동안 친구에게 안부를 물었다. 태숙이는 ○○○○학교에서 양호 교사로 재직하고 있다고 했다.

친구를 찾고 나니 고등학교 시절 우리 학교 교화(校花)가 매화였던 것도 생각난다. 일생을 춥게 살아도 향기를 팔지 않는 매화처럼, 서로를 존중하며 제 빛깔을 잃지 않고 서로 격려하며 사는 것. 교화처럼 그동안 못 본 세월이 무색하게 우리 우정도 그러리라.

그토록 오매불망 그리워하던 태숙이를 찾은 날. 앨범을 들춰보았다. 몹시도 추운 2월 졸업식, 내 친구 태숙이와 나란히 찍은 사진 속 우리 둘….

'사람이 자기 아내나 남편, 제 형제나 제 자식하고만 사랑을 나눈다면 어찌 행복해질 수 있으랴, 영원이 없을 수록 영원을 꿈꾸도록 서로 돕는 진실한 친구가 필요하리라. 그가 여성이어도 좋고, 남성이어도 좋다.' 유안진 시인의 '지란지교를 꿈꾸며'를 되뇌다 보니, 우리 우정의 아름다움에 잔잔한 파고가 일렁인다.

드디어 찾았구나. 내 친구, 김태숙….

나에게 서예(書藝)란?

윤
한
진

어린 시절 집안의 크고 작은 행사로 할아버지 댁에 들렀을 때의 일이다. 할아버지께서는 늘 무엇인가를 붓으로 쓰고 계셨다. 그 기억과 함께 TV를 통해 본 역대 대통령들의 서예 작품이나 국가기념 주요 행사 방명록에 글을 쓰는 모습을 보며 어린 나이에도 그 멋스러움이 탐이나 서예를 배우고 싶었다.

나도 언젠가 방명록에 내 이름을 쓰는 날이 온다면 '아주 잘 쓰고 싶다'라는 상상을 했다. 하지만 문화 인프라가 미비한 농촌에서 서예를 배운다는 것은 꿈도 꿀 수 없었다.

마음속에만 고이 간직했던 꿈을 펼치게 된 것은 80년대 중반. 서울에서 대학을 다니게 되면서다. 드디어 서예를 배울 기회가 온 것. 총학생회에서 동아리 회원을 모집한다는 안내문을 우연히 접하게 되며, 부푼 가슴을 안고 서예 동아리 문을 두드렸다.

일주일에 한 번씩 서예 강사님이 오셔서 직접 지도까지 받을 수 있는 행운까지 거머쥐니, 날아갈 듯한 기분이었다. 이후 나는 강의가 빈 시간이면, 동아리 교실에 들러 서예 연습에 매진했다.

서예는 문자를 중심으로 종이, 붓, 먹 등을 활용해 미적 아름다움을 표현하는 시각예술이라는 것도 알았다.

꿈에만 그리던 서예를 시작하며 하나둘 관련 용품들을 알아가는 재미도 쏠쏠했다. 필요한 용구와 재료는 여럿이지만, 그중 가장 중요한 것이 문방사우(文房四友)로 일컫는 먹, 벼루, 붓, 종이다.

먹은 종류도 매우 다양하다. 석묵, 송연묵, 유연묵, 유송묵이 있다. 석묵(石墨)은 자연산이며, 중국의 축양산에 묵산이란 곳이 있는데, 산돌이 모두 먹(墨)과 같았다. 이 석묵은 한(漢), 위(魏) 이전에만 사용하였다고 한다. 송연묵은 소나무를 태워 그을음을 받아 사슴, 노루, 소의 아교와 배합하고 향료 등을 섞어 만든 것이다.

유연묵(油煙墨)은 식물의 씨에서 얻은 기름을 태워 만든 먹인데, 이것을 만들기 위해 동유(桐油), 대두유(大豆油) 등을 쓴다고 한다.

지금 흔히 쓰고 있는 먹은 대체로 카본을 원료로 한 유연(油煙)이다. 유송묵(油松墨)은 송연과 유연을 혼합해서 만들어 아교질이 적은 편이고 광택이 있다.

좋은 먹이란 그 입자가 가늘어야 하고, 아교질이 적은 것으로 단단하며 겉모양이나 글씨를 써놓았을 때 먹색이 광택이 나고 향기가 맑아야 한다. 또한 손으로 두들겨 보아서 맑은 쇳소리가 들리고 먹을 갈아서 붉은빛이 나는 먹을 최고로 여긴다.

벼루의 종류에는 대표적으로 중국의 단계연과 흡주연이 있다. 단계연은 색상이 거의 자색을 띠며 윤기가 있고 봉암(鋒芒)이 고르고 고우며, 먹이 부드럽게 잘 갈리고 쉽게 마르지 않는다. 흡주연은 돌에 문양이 비단결같이 곱게 펼쳐져 있는 푸른기를 띤다. 우리나라 것으로 백운연, 해주연, 남포연도 좋다.

벼루를 선택할 때는 석질이 좋고 손으로 만져 부드럽고 윤택이 있는 것을 고르고 깨끗하게 닦아서 갈고, 쓰고 난 뒤에도 잘 닦아 두어야 한다.

다음은 붓이다. 붓은 서예 도구 중 제일 중요하다. 붓의 종류는 매우 다양한데 자호필(토끼털), 낭호필(이리털), 가장 많이 사용하는 양호필(산양털)은 부드럽고 많은 변화를 구사할 수 있다. 겸호필은 두 종류 이싱의 털을 섞어 만든 것이다.

좋은 붓은 비옥한 땅에서 솟아나는 죽순처럼 둥그스름한 것으로 필관에서 빠지거나 털이 한올 두올 빠지는 것은 좋지 않으며, 사용한 뒤에는 거꾸로 매달아 두는 것이 좋다.

종이는 먹을 잘 흡수하는 것과 그렇지 않은 것으로 분류할수 있다. 먹이 잘 번지지 않는 종류로 유명한 종이는 징심당지(澄

心堂紙), 촉전(蜀牋), 장경지(藏經紙) 그리고 우리나라의 고려지(高麗紙) 등을 들 수 있다.

지금 가장 널리 쓰이고 또 서예에 적합한 용지로 화선지라 불리는 선지(宣紙)가 있는데 그 종류가 다양하다.

종이는 불순물이 없으며 질감이 좋은 것으로 선택하며 우선 먹이 고르게 퍼져야 하며 종이의 두께도 고려해야 한다. 종이를 보관할 때는 직사광선과 습한 곳을 피해야 한다.

서예의 기본자세에는 몸자세와 집필법(붓을 잡는 법), 운필(붓 놀리는 법)이 있다. 몸의 자세는 앉아 쓰기, 서서 쓰기, 엎드려 쓰기가 있는데 보통은 책상에 앉거나 서서 쓰는 자세로 한다. 집필법에는 현완법, 침완법, 제완법이 있는데, 침완법과 제완법은 작은 글씨를 쓰는 데 사용된다. 운필(運筆)은 점을 찍고 획을 긋는 방법 곧 붓의 움직임을 말하는데, 획의 방향이나 굵고 가늚, 속도 등이 잘 어울리려면 운필의 여러 가지 기법을 습득해야 한다.

마지막으로 서체의 종류에는 한문 서체와 한글 서체가 있다. 한문 서체에는 전서, 예서, 초서, 해서, 행서가 있고, 한글 서체에는 판본체, 혼서체, 궁체가 있다.

서예를 접하기 전에는 단순히 글자 쓰기만 하는 줄 알았지만, 하나둘 알아가다 보니 왜 서예를 '미적 아름다움을 표현하는 시각예술'이라고 하는지 이해할 수 있었다.

서예 매력에 점점 심취해 갈 무렵, 위기가 찾아왔다. 대학 졸업 후 사회에 첫발을 내디딘 직장이 인천이었다. 이른 아침 지하철에 몸을 싣고 내가 사는 서울에서 2시간 이상을 출근. 근무를 마치고, 지친 몸을 이끌고 2시간여가 걸려 퇴근. 빠듯한 일과에 몸도 마음도 지치니, 그토록 좋아하던 서예와 자연스레 멀어지게 되었다.

매일 같은 일상을 보내면서도 짬이 생기면 다시 하리라는, 서예에 대한 열망을 가슴에 가둬두었다. 그러나 결혼과 출산을 하며 직장과 육아까지 병행하느라 짬을 내기가 쉽지 않았다.

그렇게 30년의 세월이 흐른 어느 날. 먼지가 날리는 서예 도구와 책을 창고에서 꺼냈다. 오랜 친구를 만난 듯 반갑고 가슴이 벅차올랐다.

지금은 퇴근 후 시간이 날 때마다 서예 연습 중이다. 청춘에 시작할 땐, 팔다리가 튼튼해 문제가 없었지만, 오십 중반이 된 지금은 어깨와 팔다리가 힘들다고 아우성을 친다. 하지만 30년 만에 만난 반가운 마음에 기꺼이 감내하련다.

서예를 처음 시작하던 설렘과 기다리던 30년의 세월. 나에게 서예란 무엇일까, 되짚어본다. 누군가, '서예 연습을 통하여 사람의 내면까지 바꿀 수 있다' 했으니, 내면의 청명함을 위해 나는 오늘도 그윽한 묵향을 따라 발걸음을 옮긴다.

말식이

윤
한
진

이름 말식. 생일은 12월 7일. 올해로 열아홉. 성격은 무던. 같은 해 우리 가족이 된 아이. 입양 이후 지금까지 감기 한 번 걸리지 않고 투정도 없이 아주 건강하게 잘 컸다.

"안녕하세요? 말식이라고 해요. 앞으로 잘 부탁드립니다."
퇴근길 아파트 앞을 들어서는 내게 첫인사를 하던 말식이 모습이 지금도 또렷하다. 은회색 빛이 감도는 옷에 씩씩하던 말투.

당시 나는 이 아이에 대한 정보가 없어 인사를 받는 둥 마는 둥 집으로 들어가기 바빴다.

그날 밤. 나는 늦은 밤이 돼서야 집에 들어온 남편에게, 한마디 상의도 없이 저 아이가 왜 우리 집에 왔느냐고 다그쳤다. 남편은 말식이가 들으면 서운하니 다그치지 말라며 자리를 피했다.

큰아이가 중학교 2학년, 작은 녀석이 초등학교 5학년. 한창 교육비로 지출이 많은 시기라 당장 파양하라고 밤새 바가지를 박박 긁었다. 하지만 남편은 꿈쩍도 하지 않았다.

나는 제풀에 지쳐 잠깐 눈을 붙이는 둥 마는 둥 하고 아침에 출근했다. 업무를 끝내고 아무 생각 없이 집으로 들어서자 말식이 생각이 났다. 남편에게 파양하라고 했던 나의 말을 들었는지, 말식이는 나의 눈치를 보는 듯했다. 그런 말식이를 보니 괜스레 미안해 받아들이기로 마음을 정했다. 그렇게 말식이는 우리 가족이 되었다.

말식이는 우리 가족과 떼려야 뗄 수 없는 우리 집 자동차 이름이다. 생김새는 듬직하고 성격은 조용하다. 가끔 말식이가 아프면, 남편이 데리고 병원에 간다. 치료를 마치고 집으로 돌아오면 언제 아팠냐는 듯 말짱해지곤 하던 아이였다.

그런데 작년부터는 옆구리도 아프다 하고, 호흡기에도 문제가 생긴듯해 걱정이 이만저만 아니다. 그동안은 직장 일로 바쁘다는 핑계로 이 녀석이 아프다 해도 무심히 지나쳤는데, 요즘 들어 부쩍 심상치 않음을 느낀다.

그 이유를 짐작해 본다. 말식이 입양 후 두 번의 큰 사고가 있었다. 한번은 내가 말식이를 데리고 나갔다가 주의를 게을리하는 바람에, 직장 담벼락에 쾅! 크게 머리를 다쳤고. 두 번째는 내가 야근할 때다. 밤 10시나 되어 끝나니 남편이 시간에 맞춰 픽업해 준다고 했다. 일과가 거의 끝나갈 무렵 휴대폰 벨이 울렸다. 급한 일이 있어 못 오니, 지하철을 타고 귀가하라는 것이다. 편히 집에 가려고 했다가 대중교통 이용하라는 말에 기운이 쭉 빠졌다. 온종일 업무에 시달리고 야근까지 해 몸도 마음도 지친 터라 집에 도착하자마자 남편에게 투덜거렸다.

그런데 남편에게 자초지종을 들으니, 횡단보도에서 신호대

기 중이던 말식이를 젊은 차가 그대로 덮쳤단다. '에고고... 미안해라. 우리 말식이 얼마나 아팠을꼬.'

말식이가 우리 가족과 동고동락하던 순간들이 파노라마처럼 지나갔다. 아침 준비를 하다가 혹시라도 아이들의 등굣길이나 우리 부부의 출근길이 늦어질 것 같으면 재빨리 목적지까지 데려다주고. 주말이면 시외로 외식하러 가거나, 군 복무하는 두 아이 면회에도 항상 함께하고. 전국 방방곡곡 우리를 데리고 다니며 구경을 시켜주던 그때 그 순간들…. 정말 고마운 아이다. 우리 가족과 20년을 동행하며 함께 울고 함께 웃던 우리 집 자동차 말식이….

대형 사고를 두 번이나 당했음에도 잘 버텨주던 아이. 이랬던 말식이를 보내기 싫어 새 아이 입양을 차일피일 미루고 있는 내 마음은 뭘까.

사람이나 사물이나 '우리의 마음이 닿으면' 모두 소중한 그 무엇이 되나 보다.

윤혜옥

작품   1. 사소한 말 한마디

2. 사진으로 일상을 담다

3. 괜찮습니다

프로필   **학력**   한국교원대학교 교육정책전문대학원 석사

경력   인천광역시교육청 사무관(32년 재직 중)

활동   공무원 미술대전 사진 부문 입상. 2017

인천광역시교육청 관리자 공무원 < 여리 독서 모임 > 활동.
2018~

강화 뜸 갤러리 단체 사진 전시회 참여. 2018

< 사탐책탐 > 온라인 독서 모임 활동. 2019~

< 지극히 사적인 그녀들의 책 읽기 > 사진. 2020

인문 매거진 < 바닥 >에 사진과 시 게재. 2020

< 사진으로 보는 부부의 세계 > 전시 개최. 2021

저서   「집의 풍경을 수집합니다」 (2023, 북구도서관 비매품)

이메일   hoyoon7@naver.com

네이버 블로그   http://blog.naver.com/hoyoon7

인스타그램   hoyoon7

사소한 말 한마디

윤
혜
옥

다섯 남매가 모여 아버지 제사 음식 준비 중이었다. 유일한 2
세 참석자인 조카, 5살 민서의 놀이 상대를 번갈아 해주는 게 관
례와도 같은 일이었는데, 내 차례가 돌아왔다.

"이모, 우리 숨바꼭질해요!" 산적 양념을 하던 나는, 얼른
손을 씻고 민서와 가위바위보를 했다. 민서가 졌으니 술래다.

"꼭꼭 숨어라. 머리카락 보인다."를 세 번 외친 민서는, 나를

찾아 이방 저방을 뛰어다녔다. 나는 큰방 침대 끝 구석에 민서가 볼 수 있도록 머리를 살짝 들어 올려 숨었다. 나를 발견한 민서는 "찾았다!"하고는 손뼉 치고 폴짝폴짝 뛰며 무척이나 좋아했다.

다음 술래가 된 나는 작은 방 옷장 안에서 키득거리는 민서의 목소리를 못 들은 척했다. "민서가 어디 있을까. 아무리 찾아도 없네, 이상하다." 여기저기 찾는 시늉을 하다가, "못 찾겠다 꾀꼬리!"를 외쳤다. 민서는 기다렸다는 듯 "나, 여깄지!" 하며 옷장 문을 박차고 튀어나왔다. 이미 짜 놓은 각본처럼 나는 너무 놀란 표정을 지으며, "어머, 민서가 거기 있었구나! 얼마나 찾았다고. 민서는 왜 그렇게 잘 숨어, 우리 민서 정말 대단하다!"를 연발해 주었다.

아이는 놀이를 성공적으로 해낸 성취감과 함박웃음을 쏟아냈다. 그런 민서의 얼굴을 보자 지금도 생생한 나의 6살 때가 생각났다.

고무신이 흔했던 산골 마을 1975년 그 시절. 검정 고무신만 신던 내게, 엄마가 흰 고무신 바탕에 빨간색 꽃무늬가 있는 걸 사주셨다. 모처럼 생긴 꽃고무신이 얼마나 좋던지, 어린 가슴에 꼭 품었다.

다음 날 아침. 설렘으로 잠에서 일찍 깨어 꽃고무신을 신고 대문 밖으로 나갔다. 마침 아랫집 아주머니가 밭에서 풀을 뽑고 계셨다. 아줌마를 발견한 나는, 기다렸다는 듯이 꽃고무신이 아주머니 눈에 잘 띄게 밭 둘레를 달렸다. 그러다가 아줌마 앞에서 그만 발을 삐끗해 넘어지며 신발이 벗겨지고 말았다.

"어? 꽃고무신이 벗겨졌네…" 자랑하고 싶은 마음에 아주머니를 보며 중얼거렸다. 하지만 아주머니는 희미한 미소를 지을 뿐 시큰둥하셨다.

어린 마음에 나는, 아주머니가 꽃신을 못 보셨나 싶어, 또다시 밭 둘레를 달리기 시작했다. 밭을 몇 바퀴나 돌았을까. 아주머니를 힐긋 봤지만, 밭고랑 잡풀만 뜯으며 내겐 관심조차 주지 않으셨다.

아주머니는 왜 그리 시큰둥하셨을까. 세상살이가 아무리 고되었어도, '새 신발 예쁘다'라는 빈말이라도 좋을 사소한 말 한마디가 뭐가 그리 어렵다고…. 그랬더라면 6살 꼬맹이는 세상 다 가진 것처럼 기쁘고 행복했을 텐데. 어린 마음에도 그날의 서운함을 잊을 수가 없다.

어린 시절 꽃고무신 사건 이후. 나는 누군가에게, 혹은 누군가 내게 사소한 말 한마디가 주는 위력에 대해 종종 헤아려 보곤 한다. 말은 곧 '관심'이다. 누군가는 그냥 지나칠 수도 있는, 가벼운 한마디에 내 마음을 알아주는 거 같아 고맙다. 또 사소한 변화에도 마음을 기울여 주어 따뜻해지니 말에도 '관심'이라는 온도가 있음이 분명하다.

이 같은 일은 일상에서도 자주 느낀다. 몇 해 전. 내 생일에 남편이 몇십 년 만에 처음으로 미역국을 손수 끓여줬다. 간이 맹탕이었다. 하지만 나는 '엄청 맛있다'라며 엄지척을 해주었다. 남편도 맛이 없는 걸 알지만 자신의 성의를 인정하는 나의 빈말에 어깨가 으쓱 올라갔다.

갈색에서 검정 테로 안경을 바꾸고 출근한 날. 직원 중 한 명이 "안경 바꾸셨네요, 더 지적으로 보여요."라고 보자마자 한마디 해주었다. 옆에 있던 직원은 "어, 그러네요. 잘 어울려요."라며 맞장구까지 쳐주었다. 가볍게 건넨 빈말이라도 마음이 흐뭇해지는 건 내게 보여준 작은 관심 때문이리라.

복도에서 청소하시는 여사님을 보자 단발머리를 커트로 자른 걸 알 수 있었다. "여사님!, 머리 스타일을 바꾸니까 10년은 더 젊어 보여요." 내가 한마디 건넸다. 사소한 인사치레였지만, 그 순간 붉은 립스틱을 바른 여사님의 입가에 환한 미소가 번지는 걸 볼 수 있었다.

이렇듯 사소한 말 한마디에 기분이 좋아지고 마음이 흐뭇해지는 이유는 뭘까. 그건 서로에 대한 관심에서 비롯된다. 그래서 빈말일지언정 사소한 말 한마디는, 결코 사소하지 않은 큰 의미가 되는 것이다.

사진으로 일상을 담다

윤
혜
옥

2015년 어느 가을. 강화도 길상면에 있는 사진 전문 갤러리를 방문했을 때다. 동호인들의 풍경 작품을 전시해 놓았는데, 그동안 보지 못했던 종류의 사진이 있었다. 숲속 나무를 중상부만 자른 형태의 프레임으로 담았는데 마치 붓으로 그린 파스텔화 같았다.

내가 알던 사진은 구체적이고 선명해서 단박에 무엇인지를 알아볼 수 있는 인물과 풍경 사진이 전부였기 때문이다.

'사진 맞나? 그림 아닌가?' '사진 전시장에 그림을 걸어 놓을 리는 없을 텐데…' 하는 시선으로 고개를 갸우뚱하며 한참을 바라보았다. '사진을 저렇게도 찍을 수 있구나.' 신기함을 넘어 호기심이 발동하기 시작했다.

십 년 넘게 사진을 찍던 남편의 권유에도 흥미를 느끼지 못했던 내가, 처음으로 '사진을 찍어보고 싶다.'라는 생각이 들었던 순간이다.

이를 계기로 사진에 흥미를 느끼자 남편은 곧바로 카메라를 사줬고, 처음 카메라를 든 나는 아파트 화단으로 갔다. 개망초가 눈에 들어왔다. 초점을 가장 큰 꽃에 맞추고 셔터를 눌렀다. 초점을 오른쪽 꽃으로 옮겨도 보고, 아래 낮게 핀 쪽으로도 이동해 보았다. 렌즈를 꽃 위로 가져가 보기도 했다. 생각보다 예쁘게 담기지 않았다. 밝게도 찍어보고 어둡게도 찍어보았다. 가깝게도 멀게도 찍다 보니 어느새 한 시간이 훌쩍 지나갔다.

남편이 사진 찍는 걸 지켜볼 때는 그렇게나 지루했던 시간이, 막상 내가 사진에 몰입하게 되니 시간 가는 줄 몰랐다. 초점을 잡는 '뜨륵' 소리와 '찰칵'하며 찰나를 잡아내는 셔터 소리에 야릇한 전율까지 느꼈다.

흥미를 느끼기 시작하며, 사진(photography)은 그리스어 phos(빛) 과 graphy(그리다)의 합성어라는 사실을 알았다. 카메라를 사용해 사물의 빛을 기록하고 표현하는 전 과정을 포함하기에 사진을 '빛으로 그린 그림'이라는 것이다.

카메라를 잡기 전에는 매일 뜨는 태양과 날씨가 그리 중요한지 몰랐다. 그런 내가 변하기 시작했다. 맑은 하늘에 양떼구름이 펼쳐지는 날이면, 후다닥 밖으로 나가 하늘 몇 컷 찍고 들어와 출근 준비를 했다. 또 어떤 날에는 출근 전에 소래 습지 공원에 들르기도 했다. 붉게 퍼져가는 하늘을 배경으로 풍차도 찍고, 풍차를 찍는 사람도 찰칵! 일출이 고개를 내밀며 빛을 받은 들꽃에 맺힌 이슬의 영롱함도 찰칵! 그렇게 시간 가는 줄 모르고 사진을 찍다가, 아쉬움을 뒤로하고 출근이 늦을까 봐 부지런히 차에 오르기도 했다.

차 안에서도 방금 찍었던 사진들 생각에 입가에 미소를 감출 수 없다. 눈앞에 있는 피사체가 훅 파고들어 들어올 때 뛰던 심장…. 결과물도 좋지만 프레임에 담기 위해 어디를, 누구를 중심에 둘까, 구도를 어떻게 잡으면 멋지게 나올까를 고민하며 초점 위치를 정하고 셔터를 누르는 그 순간의 짜릿함이란…. 여전히 남은 감흥에 출근길이 행복하다.

사진에 흥미가 높아지며 자연스레 다른 이들의 사진도 엿보게 되었다. 그러다 간혹, 생각지도 못했던 피사체와 촬영기법으로 독특한 스타일을 만들어 내는 굉장한 사진을 볼라치면, '이게 사진이라니!'라는 외마디 탄성을 뱉기도 한다.

그런 예술적 사진도 흥미롭지만, 내가 좋아하는 사진은 주변에서 쉽게 접할 수 있는 장면이 담긴 것이다. 나 역시도 찍을 수 있을 법한 풍경이나 사물, 사람이 담겼는데도 생각지도 못한 구도나 색감으로 서사를 보여줄 때다. 그런 사진에 흥미가 발동하면 주목하게 되는데, < 윤미네 집 >이 그렇다.

고(故) 전몽각(1931~2006)님의 작품인데, 그는 1960년대 초, 대학교 4학년 때 받은 장학금으로 카메라를 마련하여 평생 사진을 찍었다. 주요작으로 꼽히는 < 윤미네 집 >에는 첫딸(윤미)이 태어나는 순간부터 결혼 후, 미국으로 이민 가기 전까지의 일상이 담겨있다. 눈도 뜨지 않은 갓난아기의 모습을 시작으로 성인이 되기까지의 성장 과정이 생생하다. 대부분 평범한 순간들이지만 모두 자연스럽다. 가까이에 있는 사람이 아니면 볼 수 없고, 가까운 사람이라서 보일 수 있는 편안한 모습. 카메라에 담지 않았다면 모두 소멸할 장면이자 추억이고 기억들.

이렇게 소중한 가족의 모든 일상을 열정적으로 기록하고자 했던 사진가의 마음이 한 장 한 장 넘길 때마다 고스란히 전해져 가슴이 벅차오름을 느낀다. 그 한 장면 한 장면들은, 내게도 그 누구에게도 있을 법한 순간들이다. 그래서인지 발표된 지 20년이 넘는 오늘까지도 여전히 사랑받는 이유리라. 그 한컷 한컷들을 보노라면, 바로 '이런 게 사진이지.'라는 생각마저 들게 한다.

나는 그런 서사가 있는 사진을 담고 싶어 카메라를 든다. 현관 바닥에 제멋대로 놓인 딸의 운동화를 찰칵! 어느새 직장인이 된 딸이 이 신발을 신고 보낸 하루가 어땠을지 궁금하고…. 잘 해내길 바라는 염려와 응원을 담아도 보고…. 남편이 식탁에 놓아둔 믹스 커피 빈 봉지를 보고도 찰칵! 원두커피로 갈아타라는 나의 잔소리에도 굳세게 믹스 커피를 마시는 남편의 무탈한 표정이 떠올라 피식…. 주방 싱크대에 걸쳐진 빨간 고무장갑도 찰칵! 싱크대에 서서 설거지하던 가족들 모습…. 나의 소소한 감정과 이야기가 담긴 것. 내겐 그것이 사진이다.

괜찮습니다

윤
혜
옥

"괜찮습니다." 그 사람이 괜찮다고 말하는 건 '내가 조금 손해를 봐도 상관없으니, 당신은 신경 쓰지 않아도 된다.'라는 배려다.

푸르름이 짙어가던 5월 어느 아침. 도서관 주차장에서 주차하다가 멀쩡하게 세워져 있는 자동차를 긁고 말았다. 구형이긴 했으나 검은색 승용차는, 흠과 먼지 하나 없이 반짝거렸다. 차를 얼마나 깔끔하고 소중하게 다루는지 차주의 성향이 훤히 보였다. 그런 차의 왼쪽 범퍼에 대여섯 줄로 또렷한 생채기를 내버린 것이다.

　'다른 트집이나 안 잡으면 좋으련만…'하는 불안한 생각을 하며 대시 보드 위에 있는 휴대폰 번호로 전화를 걸었다. 받지 않았다. 하는 수 없이 '○○○○ 차주님 되시죠? 죄송합니다만 제가 주차하다 선생님 차를 긁고 말았습니다. 메시지 보시면 연락 바랍니다.'하는 문자를 남기고 전화를 기다리기로 했다.

　한 시간쯤 지났을까. 피해 차주에게서 전화가 왔다. 나는 놀란 가슴을 진정하려 애쓰며 주차장으로 쏜살같이 달려갔다. 저만치 40대 중반쯤으로 보이는, 스포츠머리에 조금 마른 체형의 남자가 서 있었다. 가까이 다가가자 건조해 보이는 남자의 얼굴이 눈에 들어왔다. 가슴이 철렁했다. 워낙에 인심 사나운 경우가 많으니, 사고 난 것 이상으로 트집을 잡아 덤터기 씌우겠지…! 올해는 정말 눈곱만한 운도 없다고 생각하며 "죄송합니다!"라는 인사로 고개를 숙였다.

차 주인은 자신과 내 차의 흠집 난 곳을 한번 휙 둘러보더니, "괜찮아요, 범퍼에 기스 난 거네요." 했다. 순간 나는 예상하지 못한 그의 말에 어안이 벙벙했다. "차 수리 맡기셔야죠?"라고 했더니, "작동하는데 문제없으니 괜찮습니다." 하고는 가려고 했다. 나중에 어떤 트집을 잡을지 모르니 그냥 보내면 안 될 것 같아, "저기, 선생님, 그래도 범퍼 수리하세요."라며 연거푸 말을 건넸지만, 그는 괜찮다는 말을 남기고 성큼성큼 사라지는 게 아닌가. 그런 남자의 뒷모습에 당혹스러운 데는 이유가 있었다.

지난 새해 첫날 아침. "○○○○ 차주 되시죠? 죄송합니다, 제 아내가 후진하다 선생님 차 앞을 박았습니다." 낯선 남자가 내게 찾아와 대뜸 하던 말이 생각났기 때문이다. 부지런히 주차장으로 가보니 왼쪽 범퍼가 찌그러졌고, 라이트 윗부분에 금이 간 게 보였다. 가해 차가 SUV 차량이고 내 차는 일반 승용차라 하더라도 어떻게 후진했길래 이 정도까지 되었을까 의아했다. 새해 첫날부터 기분 좋을 리가 없었다.

얌전히 주차된 차에 사고가 생긴 것이 어이없기도 했지만, 이보다 더 큰마음은 이런 일로 신경 쓰는 자체가 귀찮아 기분이 언짧았다.

다음 날 보험회사에서 차를 가져갔다. 그리고 얼마의 시간이 지난 후, 수리할 위치를 찍은 사진과 함께 수리 비용 안내 문자가 왔다. 사진을 확인해보니, 내가 미처 확인하지 못한 범퍼와 보닛이 이어지는 중앙 부분에 하얀 스크래치가 보였다. 나는 득달같이 전화를 걸었다.

"번호판 위쪽에 스크래치 난 곳도 수리해 주세요!" 바로 알겠다거나 아니면 미처 확인 못 해 미안하다고 응답할 줄 알았는데, "그건 이번 사고와는 무관합니다."라는 말에 기분이 확 상했다.

'이럴 줄 알았으면 어제 좀 더 꼼꼼히 보고 사진이라도 찍어둘걸…' 하는 생각을 하며 나는 따지듯 물었다. "아니, 안보이세요? 보내주신 사진에 저렇게 허옇게 생채기가 났잖아요! 사고 전에는 없던 거예요. 상대 차량 뒷부분이 좀 높으니까 충돌하면서 닿을 수 있는 위치잖아요." 하지만 상대는 나를 괜한 트집을 잡는 사람 취급하며 거듭 인정하지 않았다. 이쯤 되자 나를 얕잡아보나 싶어 기분이 몹시 불쾌해지며 화까지 났다.

전화를 끊은 나는, '정말 너무 뻔뻔한 거 아니야? 누가 봐도

상식적인 흠집인데, 어차피 보험 처리하면 될 것을 …' 하며 휴대폰 사진 보정 기능으로 스크래치 부분에 붉은색 동그라미를 표시해 사진을 다시 보냈다.

잠시 후, 상대편도 사진 한 장을 보내왔다. 그런데 웬걸. 사진에는 내가 지적한 흠집이 보이지 않았다. 알고 보니 사진 찍을 때 생긴 빛 반사 때문에 만들어진 거였다. 몹시 민망해지며 내 쪽에서 접촉 사고를 냈을 때, 피해의식에 대한 보상심리는 아니었을까를 돌아보았다.

지난해 하반기. 접촉 사고가 두 번이나 더 있었다. 한번은 주차장 입구를 착각해 10m 정도 지나쳤다. 돌아서 다시 오기는 귀찮고, 조금만 후진해서 들어가려고 뒤쪽에 차가 없는 걸 확인한 뒤에 천천히 후진했는데, 갑자기 쿵!! 하는 소리가 들렸다.

깜짝 놀라서 백미러를 보니, 20대 초반으로 보이는 두 명이 오토바이에 타고 있었는데. 나를 보자 그새 작당이라도 한 듯 뒤에 탄 사람이 슬며시 내렸고, 오토바이 운전자는 핸들에서 손을 놓고 오토바이를 쓰러지게 놔두는 게 아닌가. 고의성이 다분했다. 털끝 하나 다치지 않은 두 젊은이는, 대물 접수 대신 대인 접수를 했다. 결국 보험료가 2백만 원이 나왔다.

그 뒤로 4개월 정도 지난 퇴근길이었다. 조금 어두운 편인 주상복합건물 지하 주차장에서 주차하다 멀쩡히 서 있는 오른쪽 자동차 범퍼를 긁고 말았다. 후진할 때 옆 차와 가까워지면 경고 소리가 나는데 그날은 아무 소리도 듣지 못했다. 운전 경력 30년 차인 내가, 주차하는 걸 어려워하는 사람도 아닌데. 내려서 보니, 차종이 B○○이었다. '망했다.' 범퍼 교체 비용은 6백만 원이나 되었다.

내가 그토록 긁힌 자국 한 줄에 열을 올린 건 아마도 2백만 원 치료비와 6백만 원의 범퍼 교체 비용이 작용했을까. 그래서 이 정도 수리 요구도 못 한다면 억울하단 생각이, 손해 보는 사람이 된다는 셈법이 무의식중에 튀어나온 거였나보다.

"괜찮습니다." 그 정도쯤은 괜찮다고 아무렇지 않게 말하고 사라졌던 남자. 어떻게 그럴 수 있을까. 한 대 얻어맞은 것 같았다. 생각해보니, 고맙다는 인사도 제대로 못 하고 의심까지 하며 그를 보낸 게 더욱 미안해졌다. 나는 커피 쿠폰을 보내 고맙고 미안한 마음을 전했다. 그는 잘 마시겠다는 답장 역시도 정중히 보내왔다.

내가 가해자일 때는 상대의 요구가 지나치다는 원망이 들더니, 피해자가 되니 사소한 흠집도 그냥 넘기지 못하고 눈에 쌍심지를 켰던 자신이 부끄러워졌다.

오윤영

작품   1. 책은 나를 만든다

2. 그리운 엄마, 보세요

3. 한라산 등반 도전

프로필

학력   인하대학교 정책대학원 사회복지학 석사

경력   인천광역시교육청 지방서기관(34년 재직 중)

활동   인천광역시교육청 관리자 공무원 독서모임 < 여리 >
회원(2018 ~현재)

이메일   5dbs0@ice.go.kr

책은 나를 만든다

오
윤
영

'사람은 책을 만들고 책은 사람을 만든다.' 광화문 대형 서점 앞에 쓰인 글귀다. 곱씹을수록 가슴에 와닿는다. 나는 책이 사람을 만든다는 말을 철석같이 믿는다.

그래서일까. 나는 항상 읽을거리를 찾는다. 누군가 추천한 책과 인터넷 기사에서 발견한 책, 지인들과 대화 중에 소개받은 좋은 책들을 모두 휴대폰에 차곡차곡 저장해 두었다. 그렇게 쌓인 책들은, 인근 도서관에 소장되어 있으면 주말에 대출하여 읽기도 하고 또 구매해서 보기도 한다.

오십이 넘은 내가 처음 책 읽기를 시작한 것은 초등학교 4학년 때. 큰오빠가 첫 월급선물로 사준 「빨강머리 앤」과 「장발장」을 접하면서부터다. 이 두 권을 시작으로 책에 대한 기대와 호기심이 발동하기 시작하며 더욱 많은 책을 읽고 싶었다. 그러나 내가 다닌 학교에는 도서관이 없어 아쉬웠다. 중학교 시절에는 우리 동네 언니 집에 놀러 가면 문고판 소설책들이 있어서 「상록수」, 「사랑」과 같은 책들을 읽었다.

그러다가 TV에서 본 장엄한 도서관에 매료되었다. 그곳에서 수많은 책에 둘러싸여 책을 정리하고 추천해 주는 '사서'라는 직업을 갖고 싶다는 막연한 꿈을 꾸기도 했다. 또 학교 근처 문방구에 있는 참고서 옆에 진열된 몇 권의 소설책들을 보며, 책방 주인이 되는 것도 멋진 일이라 생각했다. 당시 어린 마음에 사서가 되거나 서점을 운영하면 맘껏 책을 볼 수 있겠단 생각을 했던 거 같다.

고등학교에 가서는 오빠 방 책장에 꽂힌 한국문학전집, 세계문학전집을 읽기 시작했다. 그중 「좁은문」, 「전쟁과 평화」를 읽기 위해 책과 씨름했지만, 도무지 무슨 소리인지 알 수 없었다.

어떤 날은 공부하기 싫어 아프다는 핑계로 조퇴하고 집으로 와서는, 「노인과 바다」를 읽어내려갔다. '인간은 패배하도록 창조된 게 아니다. 인간은 파괴당할 수는 있어도 패배할 수는 없다.'라고 적힌 글귀를 보고 그날의 비겁함을 반성하고 패배는 할 수 없다고 다짐하기도 했다.

어엿한 성인이 되어서는 직장생활을 시작했으나 사회생활에 적응하지 못했다. 고민 끝에 9급 공무원 시험 준비를 시작했다. 공부할 곳을 찾던 중, 신용협동조합에서 운영하는 독서실이 있다는 사실을 알고, 그곳에 다니며 공부했다.

당시 독서실 한쪽 벽에 서가가 있었는데, 처음에는 책 제목만 훑어보다가 끝내 거기 있는 책들을 읽기 시작하였다. 그 맛에 꾸준히 독서실에 다니며 공부를 지속할 수 있었다.

파릇파릇한 청춘에 혼자 독서실에 박혀 공부한다는 현실이 힘들었는지 슬럼프가 찾아왔다. 그때 만난 책이 신영복 님의 「감옥으로부터의 사색」이다. 20여 년에 걸쳐 옥고를 치르며 모은 오래된 편지글인데, 이 책은 차가운 감옥에서도 인간의 따스함을 말하고 있었다. 읽다가 가슴이 먹먹해 눈물을 흘리기도 했다. 감옥과 독서실이라는 공간에 갇힌 나 자신과의 공통점으로 많은 위로를 받았다. 특히 좋았던 것은, 감옥에서의 어둠에 비해 밝고 따스한 이야기라는 점. 감정에 빠져 읽으며 나도 감옥을 경험해 보고 싶다는 엉뚱한 생각을 하기도 했다. 그러는 가운데 자연스럽게 슬럼프에서 벗어날 수 있었다.

결혼하고 아이들을 낳으며 나의 책 읽기 습관은 우리 아이들에게도 이어졌다. 임신 중 전래동화책이 눈에 들어와 읽기 시작했는데, 그래서인지 첫째는 유난히 전래동화를 좋아했다. 책들이 손때로 닳을 정도로 읽었으니 말이다.

이어 둘째가 태어나고 초등학교에 입학할 무렵. 두 아이를 위해 체계적인 책 읽기가 필요함을 느꼈다. 수소문 끝에 연수도서관 근처에 있는 ○○○○스쿨을 다니며 책 읽기 교육을 시작했다. 일주일에 한 권의 책을 읽고 토요일마다 토론과 쓰기 수업에 참여했다.

나도 아이들이 읽는 책을 함께 읽으며, 책 내용에 관한 이야기를 나누기도 했다. 당시 초등 4학년인 첫째의 책 읽기는 눈에 띄게 변화되고 성장하는 게 보였다. 그리고 둘째는 글쓰기를 어려워하지 않는 아이가 되었다.

그렇게 아이들 책 읽기 교육과 나의 책 읽기를 병행하던 중, 큰 위기를 맞았다. 사무관 승진 시험을 준비하며 책과 몇 년을 씨름했더니, 읽는다는 것이 고문처럼 느껴졌다. 심지어는 업무에 필요한 공문서를 읽는 것도 괴로웠다.

결국 결혼 전부터 가지고 있던 책장과 책을 버리고, 최소한의 책만 남겨 두었다. 그렇게 책과의 거리두기는 2년 이상 지속되었다. 그러던 어느 날 내 영혼이 달달 덜리는 기분이 들었다.

이유는 ○○학교에 행정실장으로 발령받으면서부터 시작되었다. 그 당시 근무한 학교는 내가 이 학교로 오기 전인, 전년도에 학교급식에 식중독이 발생하였다. 학생, 학부모, 교직원 등 모든 구성원이 급식에 대한 불만이 최고조에 달했던 때였다. 또 급식소 건물을 신축 중이었는데, 건설사가 부도를 내는 바람에

공사가 중단된 상태였다.

그런 상황에서 업무의 90% 이상을 급식에 힘을 쏟아도 늘 민원과 위생 문제로 초긴장 상태였다. 구성원의 불만과 요구를 수렴하고, 급식 만족도를 높이기 위해 나는 매일 학생 급식 배식에 참여했다. 그리고 식단 회의를 통해 학생, 학부모, 교직원의 의견을 반영. 그 결과 학기마다 실시하던 만족도 조사는 꾸준히 우상향하였다. 이후 신입생들은 학교급식이 맛있어서 ○○학교에 지망했다는 소리까지 들려 왔다. 꾸준히 노력한 결과였다. 즈음 학교급식은 안정을 찾았지만 나는 불안정하게 흔들리고 있었다. 그러면서 나도 모르게 학교 도서관의 서가들을 기웃거리기 시작했다. 거기에 있는 책들을 읽으며 불안정하던 나의 마음은 어느덧 평온을 찾아가고 있었다. 책 읽기를 좋아하고, 책이 사람을 만든다는 나의 믿음이 되살아난 것이다.

지금도 내 가방 속이나 책상 주변에 읽어야 할 책들이 서너 권은 꼭 있다. 책 속에 길이 있다는 격언에 따라 나는 오늘도 책 속에서 길을 찾는다. 복잡한 문제가 있을 때, 힘든 일을 잊고 싶을 때, 마음이 삭막할 때, 그때마다 나의 발길은 책이 있는 곳으로 향한다.

　책 속에 빠지다 보면 어느덧 문제가 해결되고, 헛헛했던 마음은 봄볕을 맞은 듯 어느새 따사로움으로 채워짐을 느낀다. 그래서 '책이 사람을 만든다.'라는 말은 내게 매우 큰 의미가 된다.

그리운 엄마, 보세요

오
윤
영

엄마, 나야. 막내딸 윤영이. 어느덧 벚꽃이 지고 초여름 날씨네. 고향에 계신 엄마가 그리워 이렇게 펜을 들었어. 엄마한테 하고 싶은 말도 있고…. 엄마가 내 옆에 계신 것처럼 느끼고 싶어 그러니 오늘만 존대 안 할게. 이해해 줄 거지?

생각나? 내가 초등학교 3학년 때. 엄마가 광시장 다녀오신 날. 오늘은 무얼 사 오시려나, 종일 눈 빠지게 엄마를 기다렸는데. 날이 어둑해져서 돌아오신 엄마의 장바구니 안에는 오빠와 남동생들 옷만 들어있었던 거. 내 거만 없다며 울며불며 난리 치는 나를 빗자루로 호되게 때리셨어. 한 번도 매를 들지 않으셨던 엄마가 그날따라 왜 그러셨을까.

나도 아이들 엄마가 되고서야, 그때 엄마 마음이 어떠셨는지 생각해 보게 됐어. 시장통에서 오빠와 남동생들 옷만 사고, '막내딸 것은 어쩌누⋯.'하는 마음으로 이렇게 저렇게 계산을 맞춰 봐도 넉넉지 않던 살림에 엄두를 못 내셨을 거라고. 열 손가락 깨물어 안 아픈 손가락이 없다고, 막내딸이 내내 눈에 밟히셨을 거야. 그렇게 몸도 마음도 지치셨던 차에 내가 생떼를 쓰니 엎친 데 덮친 마음으로 나를 때리셨던 거야. 철이 들고 나니 엄마 마음 이해되더라.

엄마, 내가 승진 시험에 떨어지고, 공부를 계속해야 하나, 포기할까 방황할 때 말이야. 때마침 엄마가 전화해서, 당연하다는 듯이 "그만 놀고 공부해라." 하시던. 엄마 말 듣고 우습기도 했지만, 머릿속이 맑아지고 선명해지더라. 그 이후 나는 느슨해졌던 마음을 다잡고 공부를 시작했지.

멀리 계셔도 내 속을 훤히 꿰뚫고 계시니, 나보다 더 나를 잘 알고 계시는구나…. 생각하며 조금 놀라기도 했어. 몸은 떨어져 있어도 엄마는 늘 내 곁에 계신 것처럼 나를 응원하시고, 살펴주셨어.

그랬던 엄마였는데…. 2017년 여름, 더는 혼자 계시기 어려운 엄마를 보쌈하듯 인천으로 모셔와, 일주일 만에 요양원으로 입소시켜 드렸지. 그리고 3일 후. 엄마와 마주한 날. 눈물을 글썽이며 원망과 회한이 서린 엄마의 표정을 지금도 잊을 수가 없네.

좋다 싫다 아무런 말씀도 없이, 집에 가고 싶단 얘기 외에 한 번도 뭔가를 요구한 적 없었어. 엄마는 그랬어. 그때는 그게 엄마를 지킬 수 있는 최선이라 생각했지만, 지금 와 돌이켜보니 너무 죄송하네. 모든 게 낯선 상황이라 집이 많이도 그리웠을 텐데….

그렇게 5년의 세월이 흐른 11월 어느 새벽. 코로나19 위기에서도 근근이 지내시던 엄마가 호흡이 좋지 않아 응급실에 가시고, 코로나 확진과 폐렴 진단을 받았지. 다음 날 의사 선생님 면담 결과, 회생이 어렵다는 말과 함께 임종 전 마지막 면회라는 말을 들었어. 하늘이 무너지는 거 같더라.

아파서 괴로워하는 엄마를 위해서는 '이제 놓아 드려야 편해지시겠구나.' 생각했어. 가슴은 아프지만 아름다운 이별을 기도했어. 그렇게 마지막 면회에서, "엄마, 사랑해요. 감사해요." 진심을 담아 말씀드렸지. 그런데 대화는커녕 의식조차 없으신 엄마 볼에서 순간 주루루 흐르는 뜨거운 눈물을 보았지.

엄마의 마지막 순간을 생각하면 지금도 명치 끝이 저려와. 엄마가 병상에 계신 숱한 날들이 있었는데도, 나는 엄마를 보내드릴 준비가 안 되었나 봐. 차마 엄마를 놓을 수 없어 마음으로 꼭 부여잡고 있었으니 말이야.

그러다가 어느 날 문득, 내가 이러면 엄마가 좋은 곳으로 가지 못한다는 생각이 들었어. 내가 엄마를 얼마나 사랑하는데, 그러면 안 되는 거잖아. 그래서, 그래서……. 감사한 마음으로 엄마를 놓아 드려야겠다고 결심했어.

세상에는 감사할 일이 참 많지만, 그중에 엄마와 딸의 인연으로 만난 걸 제일 감사히 여기려고 해. 잘 보내드리는 거 역시 감사할 일 중 하나잖아. 그렇게 엄마의 막내딸이 이별도 우리 인생의 일부임을 배워가고 있어.

무엇보다 제일 하고 싶었던 말은, '엄마 딸로 태어나 엄마 딸로 살아서 행복했어.' 이 말이 하고 싶었어. 이젠 자식들 걱정 다 내려놓으시고, 평안하셨으면 좋겠어.

한라산 등반 도전

오
윤
영

무엇인가에 가슴이 뜨거워지고, 설레던 순간이 언제였던가? 기억이 가물가물하다. 그런 생각에서 출발한 한라산 등반 완주 목표.

등반을 위해 차곡차곡 준비에 나섰다. 등산화와 배낭, 스틱, 충분한 물과 간식, 등산복, 여벌의 옷과 등산 양말, 기상변화를 대비한 우비와 우산, 무릎보호대, 만약을 대비한 근육 이완제도 챙기고, 기타 비상약도 준비했다.

철저한 준비를 위해서는 무엇보다 체력이 우선이라는 생각에 집 근처 함봉산에 올랐다. 맑은 날은 인천 앞바다가 보이고, 둘레길과 인천 종주길의 일부 구간으로 오르막과 내리막이 있어 체력을 키우기에 적합했다.

함봉산은 경사가 가파른 산은 아니지만, 여러 갈래의 길이 있어 자칫하면 길을 잃는다. 그걸 잘 알고 있었음에도 조금만, 조금만 더 올라야지, 하다가 길을 잃고 말았다. 한참을 헤매다가 산 아래로 내려오니 내가 사는 바로 옆 동네. 피식 웃음이 나왔다. 그때부터 오랜만에 신었던 등산화 때문이었는지 발가락에 탈이 났다. 이후에도 함봉산을 세 번 더 올랐다.

다음은 해발 1,084m의 대구 비슬산의 대견사. 한라산 등반을 위한 시범 산행이 더 필요해 결정한 등반이었다. 그런데 때 이른 땡볕의 여름 날씨와 등산로 입구까지 깔아놓은 아스팔트 포장도로, 가파른 등산로에 숨이 턱까지 차오르는 게 아닌가.

한라산 등반 계획이 무모한 도전은 아닐까, 하는 생각마저 들게 한 고된 산행이었다. 하지만 그동안 여러 차례 실시한 산행으로 몸이 점점 적응해가는 느낌이 들었다. 힘은 들었지만, 몸 안에 활기가 차오르니 뿌듯했다.

드디어 한라산을 향해 출발할 일정이 다가오고 있었다. 그만큼 몸도 마음도 긴장되었다. 산에 오르다 정 힘들면 중단하고 내려오면 된다고 생각하며 마음을 다스렸다. 하지만 함께 등반하기로 한 여럿의 동료들이 있으니, 피해는 주지 말아야 한다.

등반 전날은 가파초등학교 방문과 곶자왈 탐방으로 이만 보 넘게 걸었다. 무리한 일정이었나 걱정하며, 내일을 위해 일찍 잠자리에 들었다.

등반 당일 새벽, 알람 시간보다 1시간 먼저 눈이 떠졌다. 컵라면과 소시지로 간단한 아침을 먹고, 5시 30분에 호텔 로비에서 동료들과 만나 콜택시로 성판악 탐방로까지 이동했다.

택시 안에서 보는 이른 새벽의 풍경은 한산하다. 저 멀리 안개에 휩싸인 한라산이 어렴풋이 보였다. 택시 기사님께 한라산을 등반한다고 하니, 아저씨는 한라산 등산로를 소개하셨다. 처음 올라가면 성판악 코스로 올라가는 것은 잘한 선택이라며 나와 동료들을 안심시켜 주셨다. 묵직한 구름과 안개로 하늘이 우리 일행에게, 백록담 구경하는 것을 허락할지 모르겠다며, 삼대가 덕을 쌓아야 볼 수 있다는 농담까지 곁들이신다.

나와 일행이 그동안 준비하고 기다렸던 한라산에 도착했다. 밀림같이 우거진 숲속에 살며시 드리운 안개. 새벽 한라산은 신비감마저 들었다.

등산로 입구 쪽으로 향하는데, 나무 데크와 야자 매트가 깔려 있어 걷기에 좋았다. 그러나 그도 잠시. 이내 거친 돌길이 나타났다. 게다가 습기가 많아 미끄러웠다.

나는 숨이 가빴지만, 일행들과 뒤처지지 않으려고 노력하며 뒤를 따라갔다. 중간에 두어 번 쉬고, 간식과 물도 마시며, 동료들과 함께 인증사진도 찍었다.

꿀맛 같은 휴식 후 다시 등반을 시작하는데, 이후부터는 경사도 가파르고 사람 머리 크기의 돌길이 이어졌다. 다리는 모래주머니를 매단 것처럼 무거웠다. 거기다 더해 스틱 사용으로 오른쪽 어깨에 통증마저 느껴졌다. 나는 하는 수 없이 챙겨온 근육

이완제를 먹고 멀어지고 있는 동료들 뒤를 부랴부랴 따라갔다.

너무 힘이 들었는지 정신까지 몽롱해져 왔다. 비슷한 풍경이 반복되며 힘들고 지루하다는 생각이 들 무렵. 동료들이 예정에 없던 사라오름에 가자며 이미 샛길로 들어서는 게 아닌가. 힘이 들어 마음속으로 푸념을 늘어놓으며 한참 나무계단을 올라 사라오름에 도착하니, 탄성이 저절로 나왔다.

오름 전망대는 안개를 품은 바람이 세차게 휘몰아치며 시시각각 다른 풍경을 자아내는 모습이었다. 선물과 같은 풍경에 취하기도 전, 오름을 뒤로하고 진달래대피소를 지나 백록담으로 향했다. 거친 돌밭과 경사로를 한 걸음 한 걸음 긴장의 발길로 옮겨 드디어 정상에 도착했다. 안개가 거짓말처럼 서서히 걷힌다.

감회가 새로웠다. 영상으로만 마주하던 백록담. 거기에 내가 오르다니⋯. 감동이 밀려왔다. 호수는 거의 말라 있고 물이 조금 남아 있다. 산 아래는 구름과 안개로 흐릿하여 아득하다. 햇볕을 받은 나무 데크는 온돌같이 편하고 따뜻하다. 데크에 앉아 등산화를 벗고 김밥과 과일로 허기를 채웠다.

하산은 관음사 방향을 선택했다. 거리도 짧고 경관이 수려

해서다. 반면, 급경사라 위험하기도 하다. 백록담의 뒤쪽을 배경으로 절경이 이어지며, 급경사에 숨조차 죽인 채 무거워진 발걸음을 조심스럽게 옮기고 또 옮겨 오후 4시를 지난 시간에 하산했다.

내 가슴이 뜨거워지고, 설레던 순간을 찾고 싶어 오른 한라산. 그 도전을 알차게 보낸 긴 하루였다. 비록 더딘 걸음으로 시간은 예상보다 길어졌지만, 충분히 가슴 뜨겁고 설레던 순간이었다.

손문숙

작품   1. 마지막 선물

2. 안녕! 산토시, 수시마

3. 내 이름을 사랑하기까지

프로필

학력	한국교원대학교 교육정책전문대학원 교육학 석사
경력	인천광역시교육청 지방교육행정사무관(32년 재직중)
활동	인천광역시교육청 관리자공무원 독서모임 '여리' 운영자 (2018년~현재)
	인천광역시교육청 교육행정 정책연구회 교육분과장 (2021년~현재)
	인천광역시교육청 직장인그룹사운드 '아이스밴드' 활동
	다음 브런치 작가(2020.9.11.~현재)
	북크루(저자와 독자를 연결해주는 플랫폼) 소속 작가 : 2020.9.~현재
네이버 블로그	< 책으로 세상 읽기 > 운영 (2016~현재) (https://blog.naver.com/sonmun22)
저서	「글쓰기로 나를 찾다」 (2017,북바이북)
	「지극히 사적인 그녀들의 책 읽기」 (2020,힘찬북스)
	「산다는 건, 이런 게 아니겠니!」 (2023, 모모북스)
이메일	sonmun22@ice.go.kr

마지막 선물

손
문
숙

이른 초여름 퇴근길이었다. 종일 근무와 더위에 지친 몸을 이끌고 지하철에 올랐다. 사람들로 붐비는데 자리가 한곳 나서 얼른 앉았다. 자연스럽게 반대편 사람들에게 시선이 가는데, 맞은편 노신사와 눈이 마주쳤다. 순간, 나는 고등학교 3년 동안 나를 가르쳐주셨던 영어 선생님임을 알아챘다.

인사를 해야 하나 말아야 하나, 잠깐 망설였다. 몸도 마음도 지친 터라, '설마 나를 알아보시겠어? 졸업한 지 30년도 넘었고, 사십 후반이나 된 중년 아줌마를⋯' 귀찮은 생각도 들어 찰나의 고민 끝에 모른 척하기로 마음 먹었다. 그런데 영어 선생님이 나를 뚫어지게 쳐다보는 게 아닌가! 당황한 나는 그냥 자는 척하려고 눈을 꾹 감아버렸다. 한참을 지나 눈을 떠보니 영어 선생님은 어느 역에서 내리셨는지, 보이지 않았다.

영어 선생님을 봐서였을까. 집으로 돌아오는 길. 생각조차 하기 싫었던 기억의 편린들이 새삼스레 떠올랐다.

1984년 겨울방학. 나는 부산에서 인천에 있는 여자고등학교로 전학을 왔다. 그 당시만 해도 지금처럼 학교 분위기가 자유롭지 못하고 규율이 매우 엄했다. 등교하고 나면 상이군인 출신의 무서운 경비아저씨가 교문을 쇠사슬로 굳게 걸어 잠갔다.

학교는 공부만 하는 감옥 같았다. 야간자율학습 전 저녁 식사 때나 되어서야 잠깐 교문 밖을 나갈 수 있었고, 남자 선생님 중에는 훈육이라는 이유로 여학생들에게 심하게 매를 때리는 폭력 교사들이 많았기 때문이다.

그렇게 살얼음판 같던 분위기가 이어지며 고3이 될 무렵. 절정을 이루는 사건이 터지고 말았다.

내 짝인 K가 부모님 이혼에 대한 반항심으로 가출을 했다. 공부에는 무관심했지만 조용하고 심성이 착한 아이였다. K는 수업 시간에 선생님들의 수업 내용을 전혀 듣지 않고 책상만 내려다보는 일이 많았다.

그러던 며칠 후. 폭력 교사로 악명 높았던 담임선생님 수업 시간이 돌아왔다. 그날따라 K의 어떤 행동이 거슬렸는지, 담임선생님은 잔뜩 화가 나서는 K에게 앞으로 나오라고 교실이 떠나가라 고래고래 소리를 치셨다. K가 나가지 않고 버티자, 담임선생님은 자신의 화를 참지 못하고 그만, 해서는 안 될 행동을 하시고야 말았다.

처음에는 손바닥으로 뺨을 연속으로 때리시더니 그래도 분이 안 풀렸는지 마포걸레를 부러뜨려 나무 자루로 K의 머리를 몇 번이나 내려치시는 게 아닌가! 머리를 맞아 휘청대는 끔찍한 상황에서도 K는 절대로 담임선생님에게 잘못했다고 말하지 않았다. 이후 K는 고등학교 졸업을 몇 개월 남겨두고 자퇴해버렸다.

그 사건은 내게 너무도 큰 충격이었다. 화를 참지 못해 자신의 반 학생에게 폭력을 휘둘러 고등학교조차 졸업도 못 하게 한 고3 담임선생님이 너무 미웠다. 정당한 훈육이라는 미명으로 학생들에게 아무렇지 않게 폭력을 행사하는 선생님들의 생활지도 방식이 부당하게까지 느껴졌다. 대학 진학을 하고서도 나는, 단 한 번도 모교인 고등학교를 찾지 않았다. 선생님들 역시도 내 기억 속에서 지워버렸다.

하지만 지하철에서 만났던 영어 선생님은 학생들에게 아버지처럼 무척 인자하셨고, 수업도 열정적으로 가르치셨던 몇 안 되는 좋은 분이셨던 걸로 기억한다. 나는 국어와 영어, 독일어를 무척이나 좋아했기에, 영어 선생님 수업 시간에 제일 눈을 반짝이며 집중하는 학생이었다.

그 당시. 폭력적인 교사들에 대한 나의 원망과 미움 때문에, 인품이 훌륭하셨던 영어 선생님까지 싸잡아 외면했던 게 마음에 걸렸다. '그냥 인사를 할 걸…!! 이런저런 이유로 망설이는 바람에 그만…' 이전과 같은 일상을 보내면서도 그런 생각들이 문득문득 머릿속에 남아 있을 즈음이었다.

신기하게도 지하철에서 고등학교 때 수학 선생님을 마주치게 되었다. 영어 선생님에 대한 죄송함도 있고 해, 이번에는 먼저 다가가 선생님께 반갑게 인사를 드렸다.

"선생님, 안녕하세요? 저는 ○○여고 35회 졸업생 손문숙이예요. 저를 기억하실지 모르겠지만, 그동안 잘 지내셨죠?" 이렇게 말문을 연 나는 몇 개월 전 지하철에서 만났던 영어 선생님 이야기를 꺼냈다. 그땐 여러 사정으로 인사를 못 드렸는데, 지나고 나서 후회됐다는 말씀까지 드렸다.

내 말을 들은 수학 선생님께서는 어두운 기색으로 뜻밖의 충격적인 말씀을 해주셨다. "아……. 류○○ 선생님 말이구나…. 사실 류선생님은 퇴직 후 얼마 되지 않아 암 진단을 받으셨어. 안타깝게도 한 달 전에 돌아가셨단다." 순간, 나는 아무 말도 하지 못했다.

수학 선생님과 헤어지고 집으로 돌아가는 길. 나는 상념에 휩싸였다. 몇 개월 전 지하철에서 영어 선생님을 만났던 그 순간으로 돌아갈 수 있다면 얼마나 좋을까. 그럼 반갑게 먼저 인사드리고 안부를 여쭈었을 텐데….

30년 만에 마주한 제자가 인사조차 없이 자는 척까지 했으니. 그런 나를 보며 어떤 마음이 드셨을지 불을 보듯 뻔했다.

당신의 죽음을 예견하셨을 선생님은, 어리석은 제자를 보며 평생 교사로 살아온 당신의 인생을 부정하진 않으셨을까. 그날. 댁으로 돌아가시는 발걸음은 또 얼마나 무거우셨을까. 얼마나 사무치셨을까. 얼마나 슬프셨을까. 그런 생각이 들자 송구하고 죄스러운 마음을 가눌 길이 없었다.

고등학생 시절 몇 명의 폭력적이었던 교사들을 원망하느라 따뜻한 마음을 나눠주셨던 좋은 선생님들까지 잊고 살았던 나 자신이 미워졌다. 지하철에서 선생님을 모른 척했던 바보 같은 선택이 돌이킬 수 없는 후회로 여겨졌다.

선생님께서는 돌아가시면서도 미욱한 제자에게 커다란 깨우침을 선물하고 싶으셨나 보다. 고맙다, 감사하다, 사랑한다, 이런 말들은 미루지 말고 해야 한다는 걸 깨달았으니 말이다. 스승님이란 이름으로 마지막 선물을 주신 선생님…….

"류○○ 선생님, 그렇게 오랜 시간이 흘렀는데도 이 제자를 기억해주셔서 감사합니다. 그때 선생님께 먼저 다가가 반갑게 인사드리지 못해서 죄송합니다. 제자들에게 항상 따뜻하게 대해주시던, 선생님처럼 고마운 분을 잊고 살았던 게 후회됩니다. 선생님, 하늘에서라도 평안하세요…"

"마지막까지도 제자에게 이와 같은 깨우침을 주신 스승님의 은혜, 가슴 깊이 새기겠습니다."

안녕! 산토시, 수시마

손
문
숙

"베떼러 쿠시라교~!"

"꼬리야빠떠 아에~"

어떤 나라 언어일까? 영어? 불어? 독일어는 더더욱 아니고. 짜잔~ 중국과 인도 사이, 히말라야산맥 중앙부 남쪽의 반을 차지하고 있는 내륙 국가, 네팔의 언어다. '베떼러 쿠시라교'는 만

나서 반갑다는 뜻이고, '꼬리야빠떠 아에'는 한국에서 왔다는 인사말이다.

지금도 생생한 기억 속 7년 전 6월. 국외연수를 갈 기회가 왔다. 떠나기 전. 평소 과민성 대장이 말썽을 부리면 어쩐담, 하는 생각과 장거리 차 이동에 부실한 허리도 걱정. 하지만 극복해 보리라! 결심하며 교육봉사에 대한 지식이 없던 내게, 좋은 경험이 되리라는 위로 아닌 위로로 덤벼보기로 했다.

나와 일행이 봉사를 위해 방문할 학교는 오지 학교 'Shree Gairi Gaun Secondary School'(쉬리 가이리 가운 중등학교). 비행기를 타고 7시간을 날아가, 네팔 카투만두 공항에 도착.

카투만두에서 다딩베시를 거쳐 지프차에 몸을 싣고 덜커덩 쿵!쿵! 그러길 3시간. 학교에 도착한 시간은 오전 11시. 고도가 높은 곳에서만 볼 수 있다는 만년설 덮인 안나푸르나 산이 나와 일행을 반겼다. 작은 산장과도 같은 학교는, 아름다운 동화 속 세상처럼 보이는 건 나만의 상상일까.

학교 측 관계자들은 물론, 학생들, 학부모들까지 우르르 몰려와 나와 일행을 반갑게 맞아주는데. 온 동네 코흘리개며 꼬맹이들까지 모여들어 이방인인 우리를 신기하게 쳐다보는 면면이 귀엽기 짝이 없다. 학생들과 교직원들, 학부모들과 우리 연수단원들은 서로를 소개하며 인사를 나눴다.

한숨 돌릴 겨를도 없이 성대한 환영 행사가 이어졌다. 행사 장소는 교실 앞 작은 마당. 거기에 허름한 카펫을 깔고 그 위에 화려한 황색 천으로 된 가림막을 설치해주니 햇볕을 막는 아담한 공연장으로 변신.

학생들이 환영의 의미로 나와 일행들의 목에 형형색색의 꽃다발을 걸어주는 순간, 미지의 세계에 온 실감이 났다. 어여쁜 여학생들이 줄을 맞춰 네팔 민요 '렛삼삐리리'에 맞춰 맨발로 춤을 추기 시작했다. '렛삼삐리리'는 우리나라 '아리랑'처럼 네팔 사람들에게 아주 유명한 민요라 한다.

머리에 빨강·노랑 꽃을 달고 검정 티셔츠와 빨간색 바탕에 꽃무늬를 수놓은 치마를 입고 춤추는 여학생들. 호기심 가득한 눈으로 우리를 힐끗힐끗 보며 부끄러워하는 다른 아이들의 눈빛은 또 얼마나 귀여운지. 우리를 향한 예쁜 눈웃음에 긴장했던 내 마음의 빗장도 스스르 풀린다.

환영회가 끝나고 나와 일행은 학교 측에서 준비한 점심을 먹고, 다음 프로그램 진행에 들어갔다. 한국에서 모아온 아이들 옷과 기부금을 학교 측에 전달 후. 현지에서 구매한 학용품을 일일이 나눠주자, 학생 모두 여기저기서 꺅! 깍! 신바람 난 소리를 지르며 마당을 뛰어다닌다.

다음은 미리 준비해간 수업 재료로 그림 도안 색칠하기, 바람개비 만들어 날리기 프로그램 시작. 한국에서는 유치원생들이 할만한 간단한 활동들이었지만, 네팔 학생들은 호기심으로 눈을 반짝이며 참여하니, 엄마 미소가 절로 난다.

드디어 첫날의 피날레를 장식할 댄스파티! 네팔 민요 몇 곡과 케이팝을 준비한 나와 일행은, 전날 '렛삼삐리리'를 열심히 연습한 덕에, 학생들과 떼창이 가능했다.

"렛산 피리~리~렛산 피리~리~우데라 쟈우키 다라마 반잘 렛산 피리~리~(비단의 옷감이 팔랑팔랑~비단의 옷감이 팔랑팔랑~날아갑니다.

산에 산골짜기에 비단의 옷감이 팔랑팔랑~)" 나와 일행이 엉성한 발음으로 부르니 학생들이 배꼽 잡고 자지러지게 웃어 젖힌다.

서툰 전통춤도 열정을 담아 따라 추었다. 이어지는 케이팝 노래에 맞춰 막춤이 시작되었다. 춤과 노래는 역시 만국 공통 언어라고 했던가! 말은 통하지 않아도 다 함께 신나게 막춤을 추며 놀다 보니 어색함도 눈 녹듯 사라졌다. 사는 곳과 피부색이 달라도 노래와 춤은 사람을 하나로 만드나 보다.

신나는 케이팝에 흥이 잔뜩 오른 학생들에게 맞춰주며 광란의 댄스파티를 하느라 중년인 나와 일행의 체력은 금방 바닥이 나버린다.

잠시 교실로 들어가 책상에 엎드려 쉬는데, 남학생과 여학생이 교실 문 앞에서 수줍은 얼굴로 삐죽이 고개를 내민다. 나는 학생들을 향해 들어오라고 손짓했다. 두 녀석은 간단한 영어로 자신들은 남매라고 얘기한다. 오빠는 초등학교 5학년, 여동생은 3학년쯤으로 보였다.

남매의 이름은 산토시(Santosh)와 수시마(Sushma)! 나는 오빠인 산토시에게 '렛삼삐리리'를 불러달라고 해서 함께 따라 불렀다.

답례로 남매에게 '아리랑' 노래를 가르쳐주었다. 아이들은 곧잘 따라 부르며 좋아했다. 같이 노래하며 노는 동안 우리는 꽤 친해 졌다.

봉사 둘째 날은 오전에만 프로그램을 진행하고 헤어지는 날 이었다. 비눗방울 불기며, 종이접기, 공놀이까지 하며 학생들은 마지막이라 아쉬웠는지 전날보다 더욱 적극적으로 참여해주었 다. 그 중 산토시와 수시마는 그새 정이 들어서인지 아침부터 우 리를 졸졸 따라다녔다.

일정을 마친 나와 일행은, 차마 떨어지지 않는 발걸음으로 학생들과 교직원들에게 아쉬운 작별 인사를 해야 했다. 산토시 와 수시마는 우리가 탄 지프차가 멀어질 때까지 눈물이 그렁한 눈빛으로 손을 흔들며 배웅해주었다. 말은 통하지 않아도 산토 시와 수시마의 예쁜 마음을 알 것 같아 아이들의 맑은 두 눈을 내 가슴에 담았다. '잘 있어… 산토시… 수시마… 건강하게 잘 지내 렴……'

덜커덩거리는 지프차에 몸을 싣고 산길을 내려오며 쉬리 가이리 가운 학교의 모든 사람을 마음에 담았다. 산토시와 수시마는 더더욱 그랬다.

시멘트로 지은 창고 같은 교실. 전기 없는 어둠. 너무 낡아빠져 삐거덕거리는 책상과 의자. 마땅한 신발이 없어 맨발로 뛰어노느라 꼬질꼬질했던 아이들의 발.

짧은 시간이었지만 깊은 정을 나누었던 산토시와 수시마가 그런 열악한 환경에서 공부할 것을 생각하니 가슴이 아팠다.

한국 전쟁 직후, 현재 우리의 어머님들, 아버님들의 유년 시절과 별반 다르지 않았을 것이란 생각이 들자 차를 타고 산길을 내려오는 내내 마음이 복잡했다.

혹독한 보릿고개를 겪고 전쟁으로 모든 것이 파괴되어 공부는커녕 지친 몸을 누일 곳마저 잃어버렸던 멀지 않은 우리의 과거…. 일제 강점기 말부터 한국 전쟁 동안 태어나, 지금의 눈부신 경제성장을 일군 우리의 어머니, 아버지들. 그 고마운 분들의 노고가 있어 지금 우리가 잘살고 있는 것이니 참으로 감사할 일이다. 그렇게 마음을 추스르자 모든 것에 감사, 또 감사한 마음이 들었다.

허름한 오지일지언정, 학교가 마을의 중심이 되고 온 마을이 아이들을 키워내는 따뜻한 지지와 연대가 있는 곳. 산토시와 수시마 그리고 쉬리 가이리 가운 중등학교의 학생들은, 그런 어른들의 힘으로 무럭무럭 훌륭하게 성장할 것이라 믿는다. 우리가 그랬던 것처럼 말이다.

내 이름을 사랑하기까지

손
문
숙

"엄마! 엄마! 엄마!"

1977년 초등학교 3학년 여름. 나는 학교가 끝나자마자 집으로 들어오며 가방을 마루에 내팽개치자마자 엄마를 자지러지게 불렀다.

"숙아, 왜 그래? 학교에서 무슨 일 있었니?" "소희라는 내 친구가 있는데 걔는 나랑 같은 손씨인데도 이름이 손소희야. 얼마나 이름이 예뻐? 근데 내 이름은 왜 이렇게 촌스럽냐고! 유정, 유미, 한두 살 터울인 여동생들 이름도 예쁜데 왜 나만 문숙이냐고-!! 문숙이가 뭐야-!! 앞 자 뒤 자 죄다 촌스럽잖아-!! 으아앙!"

내 친구 소희가 얼굴이 예쁘고 키도 큰 게, 꼭 소희라는 예쁜 이름 때문인 것 같아서 어린 마음에 더 화나고 서러웠다.

"아니 왜 갑자기 이름 갖고 난리야? 넌 어려서 모르겠지만, 친할아버지가 널 얼마나 예뻐하셨는지 알아?" "네가 첫 손주라 손에서 내려놓지 않으실 정도였어. 그래 친할아버지가 철학관 통해 네 사주에 맞게 거금 십만 원까지 들이며 지은 거야."

"유정이, 유미? 아이고 걔들 이름은 그냥 부르기 편하게 엄마가 지은 거고!"

철학관에서 지은 내 이름과는 다르게 동생들 이름은 엄마가 지은 거라는 말에 어린 마음에도 서러움이 조금 누그러졌던 기억이 난다.

글월 문(文), 맑을 숙(淑)! 오십 년 넘게 동고동락한 촌스러운 내 이름 손.문.숙. '문'자는 어감이 부드럽지 않아 싫었고, '숙'자는 60년대 출생한 사람들 이름에 특징이 흔하디흔한 ○숙, ○순, ○자, ○옥 등 뒷글자에 돌림처럼 붙은 것도 싫었다.

초등학교 때의 '이름 소동' 이후에 문숙이라는 이름으로 사십 대까지는 큰 불만 없이 살아왔다. 그런데 오십 넘어 책을 출간하고 작가가 되어보니, 기억 저편에 잠들어 있던 이름에 대한 트라우마가 슬며시 눈을 떴다.

근본적인 해결책을 찾으려고, 철학관에 가서 퇴직 후에 쓸 작가 이름으로 작명을 의뢰했다. 그렇게 받은 이름이 손서호(孫惰昊), 지혜 서, 하늘 호라는 중성적인 이름이었다. 손서호! 멋진 이름이다. 서호! 서호? 서호…? 낯설다.

작가가 된 후. 이따금 인터넷으로 내 이름과 책을 검색해본다. 그러면서 내 이름과 같은 '손문숙 님들이' 의외로 전국에 많다는 사실을 알게 되었다.

'여성의 전화'에서 여성 인권 신장을 위해 활발한 활동 중인 손문숙, 강원도 오페라 단장 손문숙, 시인이자 동화작가 손문숙, 지방에서 여성 최초 기관장이 된 서기관 손문숙, 꽃꽂이협회에서 회장으로 활동하는 화훼장식가 손문숙 등등….

전국의 손문숙 님들은 이상하게도 나와 닮은 점이 많았다. 글 쓰는 것을 좋아하고 예술을 사랑하며, 사회문제에도 관심이 많다. 또 하나 검색 결과를 가만히 들여다보면, 손문숙 님들은 각자 자신들만의 분야에서 열심히 살아오신 듯하다. 그 결과 성과를 인정받아 각 분야의 전문가로 정상에 우뚝 선 사람들이었다. 얼굴도 모르는 손문숙 님들이지만, 그녀들의 삶이 존경스러워졌다.

그런 손문숙 님들의 인생을 보며, 오십 넘게 살아온 내 인생의 장면들이 주마등처럼 지나갔다. 새벽에 집을 나서 늦은 밤이 되어야 집에 들어오셨던 맞벌이 부모님. 부모님의 빈 자리를 대신해, 고사리손으로 집안 살림을 돕고 한 두 살 터울인 셋이나 되는 동생들 숙제까지 살뜰히 챙기며 돌봤던 열 살 꼬맹이 문숙이.

아버지 사업이 망하는 바람에 아버지하고 둘이서만 부산으로 먼저 이사하게 되어 하숙집에서 학교 다니던 중학생 문숙이. 집안을 일으켜 세우려면 공부밖에 없단 생각으로 불철주야 공부에 매달렸던 고등학생 문숙이. 어려운 형편에 서울에 있는 4년제 사립대학교에 합격했지만, 입학금이 없어 동동거리다가 작은아버지들 도움으로 간신히 입학했던 문숙이.

대학 4년 내내 공부하며 비싼 학비까지 벌기 위해 꽃다운 20대에 흔하디흔한 미팅 한 번 못하고 돈을 벌어야 했던 고단했던 문숙이. 공무원이 되고 삼십 년 넘게 열심히 일하다가 어느덧 퇴직이 오 년 남짓 남은 중년의 문숙이….

'그냥 문숙이란 이름으로 계속 살까?'

그 시절 시절의 문숙이와 지금의 문숙이가 해후하며 마음을 굳혀 본다. 나는 앞으로 살아갈 생에서도 그냥 손문숙, 내 이름으로 살기로 했다. 촌스러운 내 이름을 사랑하게 된 이유는, 문숙이란 이름으로 애쓰며 살아온 내 인생의 장면 하나하나가 모두 가엽고 소중해서다. 또 글월 문, 맑을 숙, '글월이 맑다'라는 내 이름의 의미가 작가 이름에 어울리는 것 같기도 해서다.

수많은 인생의 고비마다 죽을힘 다해 열심히 살아온 그 시절의 문숙이들이 있었기에 지금의 내가 있는 것이다.

　그 밖에도 나의 이름을 사랑할 이유는 충분하다. 내 이름은 나의 일부니까. 문숙이로 살아온 나날들은 눈물겹도록 소중하니까. 현재를 열심히 살아내다 보면 남은 시간들도 잘 살아질 테니까. 나의 미래는 내 생을 딛고 벅차게 날아오를 것이니까.

　사랑한다, 내 이름 손.문.숙.

백윤영

작품 1. 가방의 무게

2. MBTI 검사를 하며

3. 엄마도 엄마가 처음이라 미안해

프로필 **학력** 인하대학교 정책대학원 사회복지학 석사

경력 인천광역시교육청 지방서기관(37년 재직중)

활동 인천광역시교육청 관리자공무원 독서모임 '여리' 회장

(2018년~현재)

인천광역시교육청 교육행정 정책연구회 회장 (1대, 2021년)

인천광역시교육청 안전총괄과장, 감사총괄서기관

인천광역시교육청 직장인그룹사운드 '아이스밴드' 활동

이메일 hapdream100@naver.com

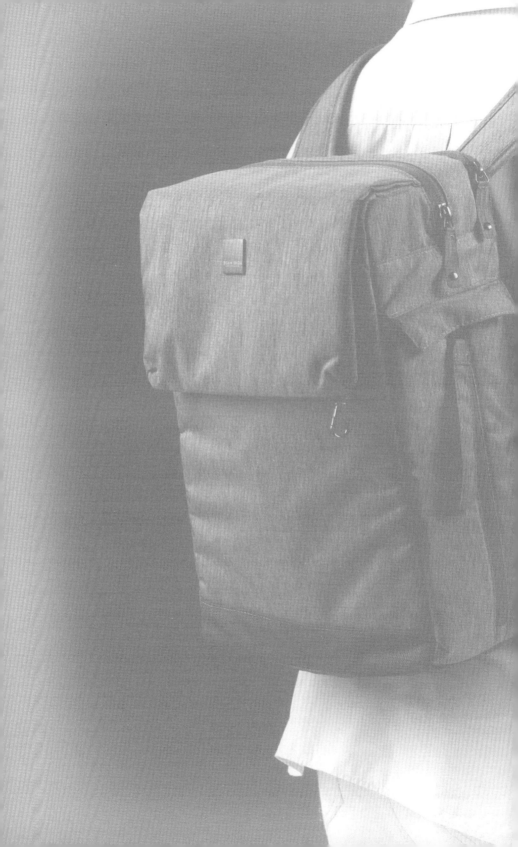

가방의 무게

백
윤
영

퇴근길 나의 어깨가 축 처진다. 온몸에 힘도 쭉 빠진다. 고개를 돌려 보니, 등 뒤 검정 배낭처럼 생긴 가방이 산처럼 크다. 가방이 너무 가벼운 날이면, 집에 가서 다시 볼 요량으로 직장에서 보던 신문을 쑤셔 넣는다. 그러나 집에 가서 보는 일은 거의 없다. 그러면서도 습관처럼 또 가방에 무언가를 쑤셔 넣고 있으니, 쉰이 넘은 내 몸이 힘들다고 매일 신호를 보낸다.

가방은 내게 필요한 물건을 편하게 소지할 수 있게 도와주던 물건이었는데. 소처럼 엄청난 양의 물건을 메고 다니는 꼴이라니. 요즘 들어 부쩍 이 굴레에서 평생 헤어나올 수 없을 것처럼 느껴진다. 언제부터 내가 이랬던가?

어린 시절에는 또래 아이들이 가지고 다니는 것만큼 가지고 다녔다. 초등학교 입학 때는, 선물로 받은 책가방에 가지런히 교과서와 공책, 필기도구를 넣고 다녔다. 그때는 수업이 끝나면 득달같이 집으로 달려와 놀기 바쁜 시절이라 가방 안에 많은 것을 넣을 필요가 없었다.

중학교에 들어가면서부터 점차 가방이 무거워지기 시작했다. 체육복을 들고 다녀야 했고, 방과 후 도서관으로 직행하기 위해 책과 참고서를 넣어야 했다. 거기다 도시락이며 자질구레한 여성 필수품까지….

고등학교에 들어가서는 가방의 무게가 절정에 달했다. 학교에 머무는 시간이 길어지며, 도시락 숫자가 늘어나고, 교과서, 체육복, 각 과목의 참고서를 모두 들고 다녀야 했기 때문이다. 학교에서 밤늦게까지 공부하다가 집에 가야 했기에, 긴 시간 동안 어떤 게 필요할지 몰랐다. 자연스레 많은 것을 가방 안에 챙기기 시작했다.

어떤 날에 내 가방 속 물건 중, 하나라도 사용하게 되면 철저한 준비성을 갖춘 내가 대견했다. 그런 심리가 작용했을까. 이후 자꾸자꾸 더 많은 것들을 챙기며 가방의 크기는 날이 갈수록 뚱뚱해졌다. 그것도 모자라 보조 가방 숫자까지 늘어났다. 그때부터였을까. 가방 속에 다양한 물건들을 챙기지 않으면 안 된다는 강박관념이 생긴 게.

대학을 다니며 직장을 다닐 때. 고등학교 때처럼 도시락과 참고서를 들고 다닐 필요가 없는데도, 그 여유만큼 또 다른 것을 가방에 넣고 다녔다. 사회초년생들이 예쁘고 작은 가방을 들고 다니던 시절에도, 나는 될 수 있으면 물건을 많이 넣을 수 있는 배낭처럼 생긴 가방을 메고 다녔다.

그러다가 더는 가방 무게를 줄이지 않으면 안 되겠다고 결심한 사건㉮이 있었다. 승진시험인 사무관 시험을 볼 때의 일이다. 시험 당일. 나는 평소의 습관대로 쉬는 시간에라도 잠깐 볼 수 있는 책을 가방에 넣고, 시험 볼 책도 과목별로 한 권씩 챙겼다. 거기다 핵심 노트와 필기구, 소지품까지 챙기고 나니, 배낭 하나에 다 넣을 수가 없었다. 그래서 보조 가방에까지 물건들을 넣고 나니, 배낭 하나, 보조 가방 2개를 들고 시험장에 가야 했다.

아침 일찍. 가방을 메고 지고 시험장에 도착했는데. 이런 내 모습을 본 동료들이 깔깔대며 웃었다. "어디 산속에서 온 거야?" "이사 가?" 동료들 말에 나는 부끄러웠지만, 수험생이면 이 정도는 껌이지 하며 당당하게 시험장 안으로 들어갔다.

하지만 다른 수험생들은 정말 간편했다. 펜 하나에 노트하나가 전부였으니 말이다. 그중 한 동료가 "오늘 가지고 온 거, 볼 시간이나 있겠어요?"라고 했지만, 나는 내가 가지고 온 물건들을 잘 활용할 것이라는 생각으로 굴하지 않았다. 그러나 그날 내가 가지고 온 것들은 무용지물이었다. 그들의 말대로 정말 시간이 없었기 때문이다.

그날 이후. 가방의 무게를 줄여보고자 노력했다. 그러나 나의 노력에도 불구하고 내 가방을 한 번쯤 들어본 사람들은, 하나같이 가방에 돌덩이를 넣고 다니냐며 깜짝 놀라곤 한다. 습관이라는 게 쉽사리 고치기 어려움을 절감한다.

이런 물건 정도는 가방 안에 넣어야지 하며 들고 다니는 거 중에는, 단 한 번도 사용하지 않는다는 걸 지금은 느낀다.

나이가 드니 가방을 짐짝처럼 메고 다니는 것이, 예전과 다르게 큰 피로감으로 다가온다. 생각해보니 그리 급하게 필요한 것도 없고, 없어도 그럭저럭 다 살아지는데, 왜 그리 미련스러웠나 모르겠다.

내 인생에서 떼려야 뗄 수 없던 가방. '그동안 고마웠어. 이젠 안녕.'이라고 말하련다. 앞으로는 내 팔, 다리, 어깨, 몸의 자유로 내 영혼까지 가벼워지는 홀가분한 인생을 살아야겠다.

MBTI 검사를 하며

백
윤
영

"MBTI가 어떻게 되세요?" 요즘 사람들과의 대화에서 빠지지 않고 등장하는 주제다. 이는 심리학적 연구를 통해 만들어진 과학적 근거가 확보된 성격유형이라고 한다. 그래서인지 다양한 분야에서도 활용되고 있는 듯하다.

교육행정직 공무원인 나는, 직업 특성상 2년에 한 번씩 근무지를 이동한다. MBTI를 생각하면, 2001년 만수동에 있는 초등학교에 근무할 때 일이 기억에 남는다.

당시 학교운영위원회라는 제도가 전체 학교에 도입되고 얼마 안 되었을 때의 일이다. 학교운영회 위원장의 과도한 관심이, 급기야 독단적 운영과 권한 남용으로 운영위원들 사이에 고소와 고발로 이어지면서 학교운영위원회 자체가 완전히 해체될 위기를 맞게 되었다. 중재에 나선 결과, 운영위원장의 사퇴로 문제를 해결할 수가 있었다.

이를 계기로 서로를 이해하는 시간이 필요함을 절감했다. 그렇게 시행된 워크숍에서 처음 들어보는 'MBTI'라는 검사를 모두 받게 되었다. 그리고 이 검사 결과를 바탕으로 강사님은 비슷한 유형별로 모여 앉도록 하였다.

비슷한 사람들끼리 함께 앉으니, 마치 한배를 탄 사람들처럼 동질감이 느껴졌다. 그리고 반대 성향의 사람들이 나와 잘 맞지 않았던 이유까지 들으니, 상대방을 이성적으로 이해할 수 있었다.

워크숍 강사님이 ENFP라는 성격유형에 대해 얘기해주셨는데, 우리 학교에 한 명이 있다고 하셨다. 그 한 명이 바로 나였다. 강사님은 내게 어떤 일을 하는지 물으셨다. 나는 행정실장이라고 답했다. 그러자 나를 한참 보시더니, "이 유형은 행정실장이 될 수 없는 유형인데…"라고 말씀하셨다.

행정실장으로 근무하는 사람에게 행정실장이 될 수 없는 유형이라고 하시니, 동료들도 나도 멋쩍게 웃었다. 강사님의 단정적인 말씀에 심기가 불편했다. 그런데 강사님도 ENFP 유형이라고 하셨다. 동질감을 주려는 의도였겠으나, 그 말씀이 계속 마음에 걸렸다.

그 당시의 불편한 마음을 잊고 지낼 만큼의 세월이 흐른 2023년. 대구로 공무원 파견 연수를 가게 되었다. 그곳에서 다시 MBTI 검사를 받을 기회가 찾아왔다. 검사 결과, 이번에도 나는 ENFP가 나왔다. 이번 검사에서는 마흔세 명 중, 나와 같은 유형이 다섯 명이나 되었다. 그러는 과정에 나는 이 검사에 대해 좀 더 자세히 알아보고 싶은 마음이 생겼다.

MBTI 검사는 사람들의 성격을 4개 주요차원에서 분석하고, 상반된 선호도로 구분한다고 했다.

1. 개인의 에너지를 어디서 얻는지	E 외향	다른사람들과 상호 작용하며 충전	↔	I 내향	혼자있는 시간을 통해 충전
2. 정보를 수집하고 이해하는 방식	S 감각	현재의 사실과 세부 사항에 집중	↔	N 직관	전체적인 그림을 보고 가능성에 관심을 둠
3. 결정을 내릴 때 어떤것을 고려하는지	T 사고	논리와 분석을 통해 객관적 기준 중시	↔	F 감정	타인과의 관계 중시 정서적인 요소 고려
4. 외부세계에 대한 태도와 생활방식	J 판단	계획을 세우고, 조직적인 접근을 선호	↔	P 인식	유연하고 개방적인 태도를 선호

① ISTJ (세상의 소금형) ② ISFJ (왕 뒤편의 권력형) ③ INFJ (예언자형)
④ INTJ (과학자형) ⑤ ISTP (백과사전형) ⑥ ISFP(성인군자형) ⑦ INFP(잔다르크형)
⑧ INTP (아이디어뱅크형) ⑨ ESTP(수완 좋은 활동가형) ⑩ ESFP(사교적인 유형)
⑪ ENFP(스파크형) ⑫ ENTP (발명가형) ⑬ ESTJ (사업가형) ⑭ ESFJ (친선도모형)
⑮ ENFJ(언변능숙형) ⑯ ENTJ (지도자형)

ISTJ는 우리 파견연수생 마흔세 명 중 12명, 30%로 가장 많았다. 이 유형의 사람은 사실과 근거에 집중하여 꼼꼼한 유형. 매사 철저하게 행동하는 '세상의 소금형', 역시 공무원들의 많은 수가 이 유형의 성향을 보였다.

논리적이고 규칙을 잘 지키는 모범적인 면이 있으나, 지나친 원칙주의자. 낯가림이 심하고, 감정표현에 미숙하여 사교성이 부족하다. 그리고 상세한 계획과 설명이 없으면 막막하고 불편해하는 경향이 있는 현실주의 성향이다. ENFP와는 반대되는 성향이기도 하다.

내가 속해있는 ENFP 설명도 들을 수 있었다. 이 유형의 사람은, 순수하고 상상력이 풍부. 현실적 문제보다 가능성을 선호하다 보니, 다양한 분야에 관심을 보인다. 자발적, 융통성이 있으며 열성적인 유형이다. 하지만 반복적이고 일상적인 일에 흥미를 갖지 못한다. 너무 많은 가능성과 다양성을 추구하다 보니, 방향을 잃거나 마무리를 짓지 못하는 유형이라고 했다.

이 유형이 학생인 경우, 가만히 앉아있지 못하고 호기심이 많아 수시로 바깥으로 나가려 해서, 문제를 유발하기도 한다고 했다. 차분하게 업무를 봐야 하는 공무원들이라면 힘들 수 있다는 것이다.

강사님의 말을 듣고, 잊고 있던 2001년의 기억이 생각났다. 당시 그 강사님이 행정실장이 될 수 없는 유형이라고 말씀하셨던 이유가 이것이었구나 하고 이해할 수 있었다.

그러면서 예전에 만났던, 나와는 반대 성향의 ISTJ 유형이라는(세상의 소금) 동료들이 떠올랐다. 그들과 일하며 다소 답답하다고 여기던 사람도 있었고 또 새로운 일을 시작할 때면, 소극적인 모습에 힘들다고 느끼던 시간도 있었다.

성격유형을 파악하고 나니, 이들이 '틀린 것'이 아니라 서로 '다를 뿐'이라는 사실을 알게 되었다. 당시 그들을 이해하지 못했던 게 미안한 마음마저 들었다.

MBTI 검사를 통해 나는, 이전보다 더 타인을 존중하고 이해하게 되었다. 그러나 맹신하지는 않기로 했다. 나를 보더라도 공무원의 전형적인 유형이 아니라고 했지만, 나는 나의 일에 만족하며 행복하게 살고 있지 않은가.

이 검사를 통해 배운 게 한 가지 더 있다면, 인간은 그 자체로 존중받아 마땅한 귀한 존재라는 사실이다.

엄마도 엄마가
처음이라 미안해

백
윤
영

"얘들아, 엄마의 빈자리가 얼마나 컸니…. 정말 미안하구나. 엄마도 엄마가 처음이라 그땐 몰랐어"

내 인생에서 어느 한순간으로 되돌아갈 수 있는 타임머신이 있다면, 아이들의 영유아기 때다. 그러나 세상에 그런 요술은 없으니, 오늘도 나는 이미 훌쩍 커버린 아이들에게 미안할 뿐이다.

1995년. '엄마'라는 이름을 내게 선물한 이쁜 딸아이가 태어났다. 세상을 다 얻은 것처럼 행복했다. 앞으로 우리 집에는 아기 웃음소리가 끊이지 않을 거라는 생각에, 밥을 먹지 않아도 배가 불렀다.

출산의 기쁨도 잠시. 아이와 함께 하는 삶을 제대로 알지 못했던 나는, 하루아침에 180도로 바뀐 생활에 허둥지둥 시간에 쫓기기 연속이었다. 이어 3년 뒤에는 잘생긴 아들이 태어났다. 아이가 둘이 되니, 신기하게도 안정감을 느꼈다. 하지만 둘을 키운다는 건 두 배의 노력이 아닌, 서너 배가 넘는 힘겨움이었다.

남편도 나도 직장생활을 해야 하니, 아이들 양육 문제는 친정엄마께 부탁드려야 했다. 부랴부랴 우리 가족은 친정 근처로 이사했다. 든든한 나의 후원자인 친정엄마가 계시니 앞으로는 모든 게 순조로울 것임을 믿어 의심치 않았다.

그러나 출퇴근 전쟁이 나를 기다리고 있었다. 출근하면서 친정엄마께 아이들을 맡기고, 퇴근 후에는 아이들을 데리고 집으로 돌아오길 반복하는 일은 말처럼 쉽지 않았다. 친정에서 저녁에 아이들을 데리고 집에 와서는, 정신없이 아이들 밥을 먹였다.

종일 아이들과 떨어져 있는 게 미안해 책을 읽어주고, 함께 놀아주려 했다. 그러나 아이들과 함께 할 시간은 턱없이 부족했다. 그런 생활이 반복되며 나 또한 녹초가 되었다. 수순처럼 나는 아이들 말에 귀 기울이지 못하고, 내가 하고 싶은 얘기만 하는 일방통행 엄마로 변해 있었다.

그러고도 모자라 큰아이가 초등학교 다닐 무렵에는 집안에 사정이 생길 때마다 큰아이를 택배 보내듯 학교를 옮겨 다니게 했다. 무려 다섯 번의 전학을 시킬 때마다, 이유는 있었다. 휴직, 복직, 친정의 이사, 아파트 입주 등등….

큰아이가 매번 새로운 학교에 적응하고, 친구를 사귀는 등의 어려움보다는, 아이들을 돌봐줄 사람의 입장만을 고려했던 결과였다. 나중에 정신을 차리고 생각해보니, 두고두고 후회될 결정이었음을 알았다.

나의 후회와 자책은 곧 현실로 드러나기 시작했다. 평소 명랑하고 인사성이 밝았던 큰아이는, 심성이 고와 친구가 많았다. 그러나 잦은 이사로 전학을 밥 먹듯 했을 때, 큰아이는 이전과 다르게 변해가고 있었다.

왜 아니겠는가. 새로운 학교에 적응할만하면 또다시 전학. 어린것이 학교를 옮길 때마다 좋아하던 친구들과 헤어지고를 반복할 때, 얼마나 속상하고 불안하고 슬펐을까…. 그러면서도 싫은 내색 한번 안 하던 큰아이….

그 당시 큰아이가 아무 말 없이 따랐던 것은, 엄마에게 투정 부리는 것이 미안했다기보다 '자신의 얘기를 들어 줄 거란 믿음이 없어서' 그런 건 아니었는지…. 그 마음결을 생각하면 지금도 가슴이 아프다.

작은 아이만큼은 큰아이와 같은 실수를 반복하지 않기 위해 나는 친정엄마로부터 독립했다. 그러나 작은아이는 학교가 끝나면, 속된 말로 학원 뺑뺑이를 돌려야 했다. 유치원과 초등 1학년까지 만해도 무척 활동적이던 아이는, 직장에 바쁜 엄마로 인해 집에 혼자 있는 시간이 많아지며 점점 말수가 줄어들었다.

작은아이가 변해가는 걸 느낄 즈음. 초등학교 2학년으로 올라가며 학부모총회가 있었지만, 직장에서 바쁜 일정으로 참석하지 못하게 되었다. 이후 참관수업 때야 담임선생님께 인사를 드릴 수 있었다. 나이가 지긋하셨던 담임선생님께서는 나를 보시더니, "○○이한테 엄마가 있었네요. 난 엄마가 없는 줄 알았는데."라고 말씀하시는 것이 아닌가. 다른 엄마들은 교실에 자주 들러 청소도 하고, 담임선생님과 차도 마시면서 친분을 다지고 있었음을 보지 않고도 알 수 있었다.

나에 대한 거침없는 말씀과 표정을 보니, 작은아이에게 어떻게 대했을지 안 봐도 눈에 훤했다. 다른 엄마들처럼 일찍 찾아뵙지 못한 점에 대한 표현이라고 하시기에는, 내게 너무도 가슴 아픈 말씀이셨다. 아이에게도 너무 미안했다.

그도 잠시. 당시에는 직장에서 눈코 뜰 새 없이 바쁜 시기였고, 승진시험이 코앞에 닥친 때였다. 작은아이를 생각하면 가슴이 아팠지만, 빨리 시험에 통과해 아이들에게 돌아가는 것만이 최선이라고 생각했다. 그사이 아이들에게 엄마의 빈자리는 너무 컸다.

승진시험 통과 후. 뒤늦게 아이들을 위해 많은 것을 챙기고, 아이들 학교에 방문하고, 학부모단체에도 가입하며 나름대로 신경을 쓰려고 노력했다. 하지만 이미 큰아이는 중학생, 작은아이는 초등고학년이 된 후였다. 애써 깊은 대화를 하려 해도 아이들은 잘 따라주지 않았다. 아이들은 주변에 내 편이 없음을 알고 포기했을 시기였던 것이다. 누구를 탓하랴. 모두 내 탓인걸….

부모와 자식 사이 정서적 유대를 만들 수 있는 귀하고 귀한 그 타이밍을 결국 놓치고 말았다. 이후 아이들과 지금의 정서적 유대를 만들기까지는 많은 시간과 노력을 쏟아야만 했다. 그 과정에서 학교 생활하며 따돌림까지 당했던 사실을 훌쩍 커버린 아이 입에서 듣고는, 너무 가슴이 아팠다.

시간이 흘러 아이들은 둘 다 대학에 들어갔다. 어느 날 속 깊은 대화를 할 때, 아이들에게 내내 미안했던 나의 마음을 솔직하게 털어놓았다. 그런데 아이들은 오히려 깜짝 놀라며 전혀 다른 얘기를 해주었다. 어릴 때 엄마가 곁에 계셨으면 더욱 좋았겠지만, 열심히 살아가는 엄마 모습은 보기 좋았단다. 그런 엄마가 자랑스러웠단다. 그리고 본인들 문제는 자신들 몫이니, 엄마가 죄책감 가질 필요 전혀 없단다. 아이들 말에 왈칵 눈물이 났다.

나처럼 엄마가 처음인 워킹맘들이 아이들 걱정 없이 일할 수 있는 날을 기다려본다.

민병수

작품   1. 선택과 후회 그리고 지금

2. 닭똥 같은 눈물

3. 인생 3기 시작

프로필   **학력**   인하대학교공학대학원(석사)

            경력   인천광역시교육청 교육시설과장

                    MS건축사사무소(주) 대표이사

            활동   서울,경기,인천 설계공모 심사위원

                    법무부기술자문위원

            이메일   pabal82@naver.com

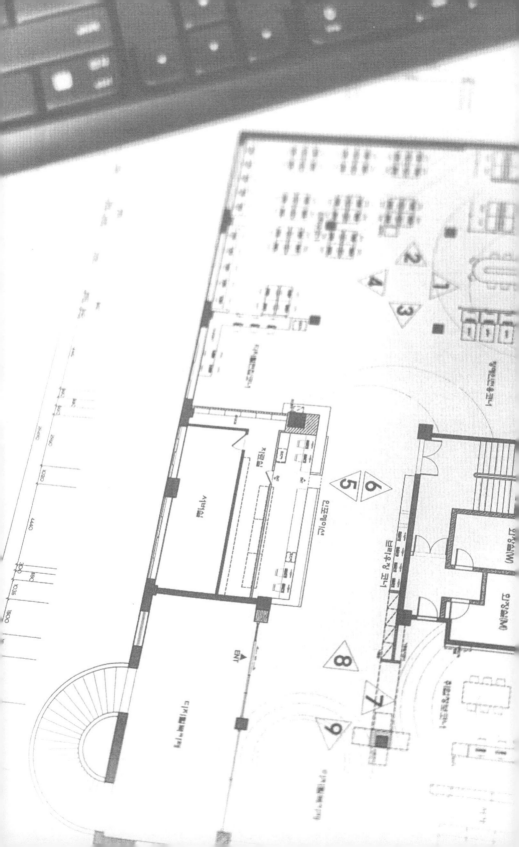

선택과 후회
그리고 지금

민
병
수

전문대학 졸업을 앞둔 겨울 어느 날. 친우에게 뜻밖의 이야기를 들었다. 일본의 중견 건설회사에서 1년의 언어연수와 2년의 학업 연장을 지원받고, 졸업 후 일본 대학 졸업자와 동등하게 5년간 재직하는 조건의 시험을 보러 가게 되었단다. 교수님께서 자신을 추천하셨다고 했다.

나와 친우의 공통점은 두 가지였다. 홀어머님과 함께 살며

군에 다녀온 후 늦은 학업에 임하고 있다는 것. 그리고 학교생활에 매우 성실하고 모범적이어서 나와는 선의의 경쟁하는 호적수기도 하다는 것이다.

그 당시. 나는 경쟁에서 밀려 교수님께서 그에게만 좋은 기회를 추천해 주셨다는 것에 마음이 어지럽고 괴로웠다. 패배감에 며칠을 고민하다가 교수님을 찾아뵈었다. "교수님 저에게는 왜 기회를 안 주시나요."라는 당돌한 직언을 드리게 되었고, 교수님께서는 "자네는 공무원 시험 합격해서 그 길로 간다고 했잖나!"라고 말씀하셨다. 그렇게 말씀드리긴 했지만, 기회를 주시면 잘해보겠다고 말씀을 드렸다. "그래. 그럼 내가 한 번 더 알아봄세."라는 교수님의 말씀을 듣고서야 나는, 마음의 평온을 찾을 수 있었다.

교수님 덕분에 나와 친우는 함께 시험을 치르게 되었다. 그 뒤 회사 대표님과 면접을 보는 자리에서 우리에게 이렇게 좋은 기회를 주려는 이유를 듣게 되었다.

회사의 경영방침 중 하나가 '사회적 기여'라는 것이다. 과거

일제의 침탈로 우리나라에 진 빚을 미력한 힘이나마 갚고자 한다는 마음이라고 했다. 그런 대표님의 말씀에 감명을 받았다. 이후 합격 통지와 함께 대표님은 부모님과 함께하는 식사 자리까지 마련해 주는 배려도 잊지 않으셨다.

이 기쁜 소식을 어머니께 전해드렸다. 하지만 어머니는 "네가 하고 싶은 대로 해."라시던 시험 전 말씀과 달리, 여기서도 충분히 잘 살 수 있는데 굳이 일본까지 가냐고 하셨다. 못내 홀로 남을 외로움까지 토로하시며 반대 의사를 내비치셨다.

때마침 친우에게 전화가 왔다. 나와 비슷한 상황에 부딪혀 자신은 포기해야겠다고 했다. 나 역시 어머님이 반대하셔서 고민하고 있다 말했다.

그날 밤. 막연한 두려움과 현실의 안락함을 사이에 두고 고민이 깊었다. 성공의 기회를 놓치는 건 아닌가…. 어쩌면 앞으로 많은 날을 후회하며 살지 모르는데…. 복잡한 심경으로 긴 밤을 보내야 했다. 그리고 다음 날. 식사 자리에서 홀로 계실 어머님이 걱정되어 가지 않겠노라며 대표님께 정중히 말씀드렸다.

지금 와 고백하건대. 당시 나는, 어머님에 대한 걱정보다 타지에서 오랜 세월을 보내야 하는 나에 대한 걱정이 더 컸다. 이후, 나의 비겁함으로 다시 오지 않을 기회를 날려 버린 미련과 후회의 시간을 보냈다. 그리고 때때로 그때의 내가, 다른 선택을 했더라면 하는 상상까지 하곤 했다. 특히 일이 잘 풀리지 않아 마음이 어지러울 때면 더욱 그랬었다.

그러던 어느 날인가. 지금은 기억도 잘 나지 않는 시련에 부딪혔을 때다. 오래전 일본으로 떠나지 않았던 것을 후회하며 자책하고 있을 때. 초등학교 다니는 작은 딸아이가 곁에 와, "아빠! 요즘 힘들어?"라고 물었다.

나는 딸아이에게 예전에 바보 같은 선택을 했다며 그 당시 이야기를 들려주었다. 만약 용기 있게 일본에 갔더라면, 지금쯤 이런 고민 안 하고 살고 있을 것이라고도 했다. "아빠, 그랬으면 지금 내가 없잖아. 그래도 돼?!" 딸아이의 한마디에 순간, 망치로 뒤통수를 한 대 얻어맞은 것처럼 정신이 퍼뜩 들었다. "아니지, 우리 귀염둥이가 없다니. 그건 말도 안 되지, 하하하."

아무리 인간이 망각의 동물이라 해도 이렇게 바보 같을 수 있나. 매일 매일 소소한 기쁨을 주는 수많은 추억은 어디 갔나. 그 모두를 다 묻어두고, 시간이 흐르면 잊혀질 시련 따위에 묻혀 지나치게 괴로워하고 있다니. 아이에게도 배운다는 말이 그냥 나온 말이 아닌 것을 실감한 날이었다.

어린 딸의 말을 되뇌며 곰곰이 생각해 본다. 후회란, 선택하지 않은 것의 영원한 동경이다. 살아가며 매 순간 어떤 선택을 하더라도 선택하지 않은 것을 갈구하게 될 것이다. 그러니 우리 삶의 여정에 어떠한 선택이든 그것은 틀리지 않았고 후회할 필요는 더더구나 없다.

내 마음에 속삭여 본다. 사소하고 작은 것일지언정, 내가 가지고 있는 것에 대해 감사하자고….

닭똥 같은 눈물

민
병
수

"아빠 왜 약속 안 지켜, 이번 시험이 끝나면 검사받기로 했잖
아."

"왜 자꾸만 약속을 어기냐구!!"

딸아이가 닭똥 같은 눈물을 떨구며 내게 채근했다.

2년 전. 직장에 다니는 딸아이가 퇴근하고 와, 느닷없이 "아

빠도 대장 내시경 해봐."하는 것이었다. "아빠는 안 해도 돼. 술 담배도 안 하고, 아침에 체육관 들러 운동하고 출근하잖아. 이쯤 이면 건강관리에 얼마나 철저하냐. 게다가 몸에 아무런 증상도 없는데 뭐 하러 번거롭게 그런 검사를 하니!" 그렇게 나는 딸의 말을 받아쳤다.

딸아이가 울면서까지 나를 다그친 이유는 두 가지였다. 딸의 회사 대표가 내시경 검사 후 대장암 말기 판정을 받았고, 너무 늦 어서 수술도 항암치료도 할 수 없는 지경까지 이르렀기 때문이 었다. 또 다른 이유는 공교롭게도 그분과 내 나이가 같았다. 그 리고 평소 아무런 증상이 없다가 느닷없이 악화일로의 상황으로 치닫게 된 것이 딸아이의 걱정을 부추겼다.

그 당시. 나는 공들여 준비하던 시험에 불합격했다. 또다시 1 년의 준비기간을 가져야 했기에, 다음 해 시험을 보고 나서 검사 하겠다며 딸의 말을 흘려보냈다. 그러나 야속하게도 일 년 후의 시험에서도 좋은 결과를 내지 못했다.

다시금 일 년 후 검사를 하겠다는 약속과 함께 그 약속은 나의 기억 저 너머로 잊었다. 그렇게 다시 일 년의 시간이 지나 시험이 끝났다. 하지만 결과에 대해 자신할 상황이 아니었다. 아니 솔직히 더 준비해야 한다는 생각뿐이었다.

그렇게 딸아이와 약속을 미루길 2년여. 나는 이번 시험 역시 자신이 없었기에, 일 년을 더 미루자고 딸아이와 타협하려 할 때. 그만 사달이 나고 말았다. 정말이지 내가 금방이라도 죽을 상황인 듯, 딸아이는 내 앞에서 닭똥 같은 눈물을 뚝뚝 떨구며 더는 물러서지 않을 태세였다.

공교롭게도 이 시기에 딸의 회사 대표 몸 상태가 막바지에 다다랐다. 그와 나를 동일시 하는 딸아이는 금방이라도 내 몸이 어떻게 되는 것처럼, 이번에는 꼭 해야 한다며 날짜를 잡자고 닦달이었다.

"그래. 내 몸은 내가 잘 알고, 이상도 없지만, 우리 따님 마음 편하게 검사하마."라는 말을 하고서야 집 안이 평온해졌다.

한 달 후. 드디어 딸아이와 약속한 날. 우여곡절 끝에 검사를 마쳤다. 아내와 함께 무엇을 먹을까, 라며 휴대폰 속에서 행복한 탐방을 하고 있던 차였다. "민병수 님!" 간호사의 부름을 받고 진료실에 들어서 앉으려는 순간, 의사 선생님이 대뜸 "큰 병원 예약하세요."라고 했다.

나는 아무런 대답도 못 하고 정신이 아득해짐을 느꼈다. 꿈에도 생각해 보지 못한 상황이었고, 어떻게 마무리되었는지 모르게 진료실을 빠져나왔다. 아내에게 물었다. 의사가 뭐라 더냐고, 아내 역시 너무 놀란 나머지 아무 말도 듣지 못했다고 했다.

나는 정신을 바짝 차리고 진료실로 다시 들어갔다. 의사에게 잘 못 들었다고, 내가 살겠냐, 죽겠냐고 따지듯 물었다. 의사 선생님은 그냥 큰 병원 가서 치료 잘 받으라고만 할 뿐. 선명한 대답이 필요했던 나는, 암이 맞냐고 했더니 조직검사 결과는 일주일 있다 나오니 그때 정확하게 확인할 수 있다고만 했다.

의사로서 경험상 암이냐고 물으니 검사 결과가 나와야 알 수 있다는 기계적인 말만 되풀이했다. 큰 병원 예약하라고 했으면 그 정도는 속 시원히 말해줘야 하는 것 아니냐고 강짜도 부려 봤다. 그러나 의사는 요지부동이었다. 하긴 나 같은 이들을 얼마나 많이 상대해 봤을까…. 자괴감마저 들었다.

선고 아닌 선고를 받고 첫날은 실의에 빠져 슬퍼하고. 다음 날은 정신을 차려 백 명 중 한 명이 살아도 나는 그 한 명이 되겠다 자신하며 복잡한 마음을 추스르려 애썼다. 그러다가도 어떤 날은 덜컥 겁이 났다. 벌어 놓은 것도 없고 아이들도 다 자라 제 앞가림하는 것도 아닌데. 이러다 정말 저세상 사람이 되면 어쩌나⋯. 까맣게 속을 태우며 병원 예약까지 다시 몇 날을 지옥처럼 보냈다.

얄궂게도 조직검사 결과 날과 그토록 기다리던 시험 합격자 발표가 겹쳤다. 국토교통부에서 엠바고를 걸어 예고된 기사 타이틀에 '21년도 건축사 시험 합격률 6.5퍼센트'로 떴다. 예년의 10퍼센트 내외의 합격률이 6.5퍼센트 라니 올해도 역시나 글렀다고 생각했다. 하지만 미련을 버리지 못하고 결과 발표 시간인 자정을 기다렸다.

자정을 넘는 동시에 국토교통부 해당사이트에 접속해 합격자 명단을 확인했다. 순간, 나도 모르게 '됐어! 합격했어!'라는 탄성이 절로 나왔다. 작은 딸아이부터 거실로 달려 나오고, 큰딸도, 아내도 들뜬 내 목소리에 놀라 졸린 눈을 비비며, 무슨 일이냐며 우르르 거실로 몰려나왔다. "하하. 나 합격했어."라는 말에 축하와 안도의 기쁨으로 가족 모두가 잠시나마 병에 대한 슬픔과 두려움은 잊고 다 같이 덩실덩실 춤을 추었다.

행복에 겨운 밤이 지났다. 조직검사 결과만 암이 아니면 모든 것이 해피엔딩이라는 희망 섞인 기대와 반대의 상황에 대한 걱정을 품고 병원에 도착했다. 야속하게도 검사 결과는 암으로 판명이 났다. 역시나 의사는 큰 병원에 가서 치료를 잘 받으라고만 했다.

가족의 보살핌과 지인들의 용기 어린 응원을 받으며 수술과 열두 차례의 항암을 마친지 30개월의 시간이 지났다. 아직 완치까지 5년이라는 시간이 멀기만 하다. 지금은 '너도 조심하라는 하늘의 경고'와 주변의 사례를 거울삼아 작은 것부터 실천하고 건강 관리하며 일상을 지내고 있다.

덤으로 나의 상황으로 인해 주변 지인들에게도 한바탕 비상이 걸렸다. 나름 모범적인 생활을 하던 내가, 그런 병에 걸린 것이 이슈가 됐는지 다들 병원으로 달려갔다. 몇몇은 용종을, 또 몇은 그보다 중한 선종을 발견. 조기에 조치할 수 있었기에 두루두루 해피엔딩이다.

나는 안다. 지금 이렇게 웃으며 이야기할 수 있는 건, 그때 딸아이의 닭똥 같은 눈물 덕분이란 걸. 그 눈물이 나를 살렸다는 걸. 딸아이는 내게 생명을 선사한 것이라는 걸.

딸아, 내 사랑을 가족과 주변에 나누어 줄 수 있는 시간을 줘 고맙다. 사랑한다.

인생 3기 시작

민
병
수

일찍이 유비의 책사 제갈량이 천하를 삼 분할 했다. 이는 서로를 견제하여 태평한 세상을 꿈꾸는 '천하삼분지계'를 계책으로 삼았다는 것이다. 그보다 앞서 초나라와 한나라가 패권을 다투던 당시, 유방의 장수였던 한신의 책사 괴철이 서북지역을 점령한 한신에게도 건의한 계책이기도 하다.

이렇듯 삼등분으로 분할 하는 것은 우리 삶에 '3'이라는 숫자가 많이 사용됨과 연관되는 것 같다. '나'인 일(1)과 '너'인 이(2)가 합해서 나오는 수가 삼(3) 이라 하여 완전수라고도 하니 그럴 만하다.

잘못은 해도 세 번은 용서한다든지, 삼고초려, 삼족오, 삼세판, 삼일장, 가위바위보도 삼세판, 아이가 태어나 금줄을 맬 때도 삼칠일 등등. 이것이 우리 삶 속에 녹아 있다는 것은 나만의 생각일까.

현재 우리나라의 평균수명이 82.7세로, 남자는 79.9세, 여자는 85.6세라고 한다. 이것은 평균인 것이고, 불의의 사고나 큰 병으로 생을 마감하는 경우를 제외하면 일반적인 수명은 90이 넘는 것으로 보인다.

요즈음 지인들의 부모님 부고를 보면, 팔십 후반이나 구십이 넘는 분들을 심심찮게 본다. 옛날에 대비 수명이 늘어난 것은, 식생활의 질 향상, 평상시 건강관리와 의학의 발달로 인생 주기 총 시간이 늘어난 것으로 보인다. 엄밀히 말해 건강관리나 식단 관리 또 의학의 발전이 한몫한다는 것은 부정키 어렵다. 그러나

이 부분이 우리를 또 다른 걱정의 굴레로 밀어 넣고 있는 듯하다.

나의 경우만 살펴보더라도 그렇다. 1994년 공직에 첫발을 들여놓았다. 내 인생 계획은, '직장에서 열심히 일하고 적정한 자리매김을 하며 60세에 정년. 퇴직 후, 대략 75세 정도인 15년 동안 약속된 연금 속에 손주, 손녀를 돌보며 소일거리를 찾아 즐긴다.'라는 생각이었다. 그리고 남은 인생은 정리하는 시간으로 살면 될 것이라는 시간표를 계획하였었다.

그러나 50세 즈음에 정년 후의 생활을 계획하다 보니 아찔함 그 자체였다. 예정되었던 플랜으로 계획표를 작성하기에는 너무도 긴 시간이 남아있었다. 거기다 더해 연금은 고갈되어 앞으로의 향방을 예견키 어렵다. 또한 돌봐 줄 손주들이 있을지 없을지보다는, 자식들이 결혼할지 안 할지가 미지수가 된 게 현실.

퇴직 후. 십오 년만 살아내면 되었을 예정된 계획이, 삼십 년 이상으로 늘었다는 얘기다. 이쯤이면 현실성으로만 따져 보더라도, 새로운 계획으로 강제 조정해야 하는 상황이다. 여기서 나의 고민이 시작되었다.

나름 내 인생 주기를 삼등분하여 정리해 보았다. 부모님의 도움이 바탕이 돼 사는 인생 1기. 경제적, 사회적 활동 시작부터 그것이 종료되는 퇴직 시기를 인생 2기. 퇴직 후의 삶이 인생 3기. 이렇게 삼등분하고 앞으로 다가오는 인생 3기를 어떻게 살아가는 것이 좋을까를 생각하게 되었다.

인생 3기가 시작되면, 무엇으로 어떻게 살아갈 것인가, 무엇으로 사람들과 관계하며 살아갈 수 있을까. 그런 고민을 하던 차. 내가 지금만큼이라도 살 수 있게 된 계기를 주셨던 분들을 떠 올리게 되었다.

그분들이 주신 깨우침, 선택할 수 있었던 기회와 놓쳐버린 기회를 주셨던 은사님. 묵묵히 하는 일에 정진하는 타입인 내게, 무한 믿음을 보태 주셨던 선배님들…. 이러한 분들이 내 삶에 녹아 있음을 알게 되며, 무한한 감사함을 느끼게 되었다.

몇 해 전. 나는 대장암이란 진단을 받고 죽음의 문턱을 넘었다가 돌아왔다. 그러면서 깨우친 것이, 인생 3기의 시간은 온전한 나 자체로 살기로 한 것이다. 그렇게 남은 생은 건축가로 살리라는 희망을 품고, 정년을 4년여 남긴 시점에 명예퇴직을 결심했다. 내 삶에 기여해 주신 분들의 고마움에 이바지하듯, 나 또한 누군가에게 도움이 되는 삶을 살아야겠다는 생각에서다.

지인들은 나의 이런 결정에, '지금 그 자리에서 누릴 것을 한껏 누리지 미쳤다.' '세상이 만만하지 않다. 후회할 거다.' '지금보다 스트레스 더 받을 거다.' '정년 후에 해도 늦지 않으니, 아이들 출가는 시키고 해라.' 등등. 온통 걱정 어린 충고의 메아리뿐이다.

그만큼 공직생활에 갇혀 살아온 내가, 세상 밖으로 나가면 경쟁에서 살아남기 쉽지 않을 것이란 반증일 것이다. 나 또한 이 선택을 후회하지 않을까 고심이 깊었음을 시인한다.

위험을 동반하더라도, 안주하며 남은 생을 보내는 것보다, 도전하는 것이 더욱 가치 있는 삶일 것이다. 그런 의미로 도전과 위협 사이에서 설렘을 안고 인생 3기를 시작하는 나의 도전에 응원을 보낸다.

김미경

작품
1. 아버지의 은퇴식
2. 생각은 비우고 가슴은 채우고
3. 엄마, 전화 주세요

프로필

학력	한국교원대학교 교육정책전문대학원 교육학(교육정책) 석사
경력	인천광역시교육청 지방교육행정사무관(5급) 32년 재직중
활동	숭례문학당 학생 독서토론(책통아) 강사
	<살아가는 이야기> 운영 https://blog.naver.com/sarbat22
저서	「엄마는 열심히 노는 중입니다」(2024, 바이북스)
이메일	sarbat22@naver.com

아버지의 은퇴식

김
미
경

아버지는 1936년생, 올해 88세가 되신다. 연세가 있으신 터라 꽤 오래전부터 우리 형제들은 이제 일은 그만하시고 놀러 다니며 쉬시라고 말씀드렸다. 하지만 아버지께서는 일이 있어야 건강하다는 이유로 '올해까지만, 내년 3월까지만'을 연거푸 반복하시다가, 2024년 3월 30일 뜻하지 않은 은퇴를 하게 되셨다.

정년이 60세인 공무원이나, 채 60세를 채우지 못하고 퇴직

하는 일반 기업체 직원들을 생각하면 88세의 은퇴는 어찌 생각하면 참 멋진 일이다.

뇌출혈로 엄마가 쓰러지시고 중환자실에서 한 달, 일반 병실에서 40일이 지나는 지금까지, 우리 가족 모두에게는 일상의 마비가 왔다. 세상이 멈춘 느낌이다.

총기 있고 단단하시던 아버지가 멘탈이 흔들리기 시작함을 느낀 나와 가족들은, 병상에 계신 엄마보다 아버지 걱정을 더 많이 했다. 가족회의 끝에 우리는 결국 약국을 접기로 했다. 아버지 약국은 내놓은 지 한 달도 안 되어 정리되었고, 그렇게 나의 김약국집 딸의 시대도 끝이 났다.

나와 가족들이 오래도록 그려왔던 아버지의 은퇴는, 약국 정리 후 두 분이 홀가분히 여행 다니시며 휴식의 시간을 함께 보내는 모습이었는데…. 그 연세에 이렇게 후다닥, 쓸쓸한 모습으로 강제 은퇴하시는 아버지가 불쌍해서 양도계약을 하던 날 우리는 참 많이도 울었다.

우리는 아버지가 약국에서 마지막 근무하시는 날을 잡아 조출한 은퇴식을 하기로 했다. 동생들이 음식점 예약을 하고, 나는 레터링 케이크와 공로패 그리고 예쁜 난 화분을 준비했다. 나와 동생들은 각각에 쓸 글귀를 생각하며, 60년이 넘도록 오로지 한 길을 걸으시며 가장의 역할을 묵묵히 해내신 아버지가 너무나 자랑스럽다는 말을 꼭 하고 싶었다.

아버지의 마지막 근무 날. 이 하루를 어떤 마음으로 약국 근무하셨을지…. 감히 짐작조차 가늠키 어려웠지만, 나는 미리 준비한 난 화분을 들고 약국으로 갔다. 약국 이름이 나오도록 전경 사진을 찍고 약국에 서 계신 아버지의 모습을 카메라에 담았다. 두고두고 간직해야 할 것 같은, 아버지의 인생이 담긴 사진이라는 생각에 가슴이 뭉클해졌다.

'조제실'이라는 글자 앞에서 온 식구가 '100세 시대 지금부터 청춘 시작'이라는 플래카드를 들고 기념사진을 찍었다. 엄마도 없이 무슨 은퇴 사진을 찍냐며 손사래 치시던 아버지도 못 이기는 척 와서 서신다. '아버지, 아버지가 이 자리에서만은 아니지만, 60년이 넘도록 해오신 일을 마무리하는 날이잖아요.' 그런 생각을 하며 말은 안 해도 모두 한 마음으로 눈물을 삼켰다. 아버지의 표정에는 아쉬움이 가득하셨다. 만감이 교차할 저 마음은 어떨까. 울컥하시는 감정을 꾹꾹 눌러 담는 아버지…….

우리는 은퇴식 장소로 예약해 둔 음식점으로 가서 플래카드를 걸고 꽃장식을 달았다. 테이블 한가운데에 케이크를 준비하고 계단을 올라오시는 아버지를 기다렸다.

"아버지, 이것 좀 보세요." 플래카드를 가리키자 이게 다 뭐냐며 민망해하신다. 초등학생 조카가 부모님께 드리는 공로패 증정을 했다. 파티가 즐거운 조카는 신이 나서 아주 빠른 속도로 공로패의 문장을 읽어나갔다. 조카의 목소리를 들으며 나와 가족들은 먹먹한 감정을 애써 눌러야 했다.

공로패에는 엄마 팔순 때 아버지와 함께 찍었던 웨딩사진을 넣었다. 사진 속 엄마는, 웨딩드레스를 입은 채 아버지에게 장미꽃다발을 받고 함박웃음을 짓고 계신다. 조카로부터 공로패를 받는 아버지의 손이 미세하게 떨리셨다.

우리가 아버지께 케이크 컷팅을 권하자, 그제야 케이크에 쓰인 글이 눈에 들어온 아버지는 느릿느릿 소리 내어 읽기 시작하셨다.

'사랑하는 우리 아버지 영예로운 은퇴를 축하드립니다.

수십 년간 오로지 한 길을 걸어오신 아버지가 자랑스럽습니다.

그동안 수고 많으셨습니다.

이제는 즐기며 사세요.

항상 응원합니다. 사랑합니다.'

아버지는 자랑스럽다는 말에 목이 매이셨는지 더 읽어나가지 못하셨다. "고맙다. 신경 많이 썼구나. 엄마가 함께였으면 좋았을 걸…"하시며 엄마의 부재를 못내 아쉬워하셨다. 자칫 침울해질 뻔한 분위기를 띄우려고 센스쟁이 막내가 나섰다. "엄마 보고 싶다. 건배해요. 엄마의 쾌유를 위!하!여!"

식사를 마치고 온 식구가 엄마가 입원해 계신 병원으로 갔다. 아버지가 엄마의 뺨을 어루만지시며, "여보, 나 약국 정리했어. 아이들이 그동안 수고했다고 은퇴식도 해주고. 어서 일어나, 나랑 여행도 가고 말동무도 하고 그래야지!"라고 말씀하셨다. 하지만 엄마는 여전히 눈을 감은 채 묵묵부답이시다.

아버지는 쓸쓸한 독백을 마치고 눈가를 팔로 훔치시며 병실을 나섰다. 집으로 돌아와 난 화분에 매달린 리본을 들여다보시던 아버지는, 왜 '명예로운'이 아니고 '영예로운 은퇴'냐고 물으셨다. "아버지 오타 아니고요. '명예롭다'로는 저희들 마음이 다 표현이 안 되는 것 같아, 영광스럽다는 말을 쓰고 싶었어요."라고 대답했다. '명예'라는 말로는 다하지 못할, 넘치는 마음을 표현할 단어로 선택한 '영예'였다. "너희들 너무 고맙다." 나직하시고 짧은 아버지의 말에 복잡하고 무한한 감정이 내 가슴에 고스란히 전해졌다.

엄마가 쓰러지시고 난 후에야 알았다. 두 분이 우리에게 드리웠던 그늘의 크기를…. 어느 집에나 있을 크고 작은 갈등의 소지들을 그동안 두 분의 그늘로 잘 막아주고 계셨음을…. 그 그늘의 크기가 얼마나 거대한 것임을….

90세가 되어가는 지금도 밥값 내주시는 아버지다. 끝까지 일을 놓지 않으시던 이유가 '자식들한테 신세 지기 싫다'가 가장 큰 이유였음을 재차 깨닫는다. 이런 아버지가 '감사하다'를 넘어 '자랑스러움'으로 다가온다. 아버지가 아닌 인생 선배로서 존경심이 든다.

88세 우리 아버지…. 많이 연로하시지만 남은 생 건강하고 즐기며 사셨으면 좋겠다. 물론 엄마도 함께다.

그동안 수고하셨어요.
가장의 무게를 지고, 평생 한길을 걸어오신 아버지가 자랑스럽습니다.
고맙습니다.
사랑합니다.

나의 아버지…….

생각은 비우고
가슴은 채우고

김
미
경

작품을 볼 때면 미안한 마음이 먼저 드는 화가가 있다. 장욱
진 화백이다. 화백의 그림을 처음 접한 건 2018년 덕수궁의 한
전시회에서였다. 동그라미 얼굴에 사각 몸통, 직선 두 개로 그린
다리. 순간 내 눈을 의심했다. 'ET도 아니고 이게 무슨 사람이람.'
얼굴도 너무 심플하게 커다란 동그라미. 그 안에 작은 동그라미
두 개로 눈을 그리고, 삼각형으로 코를, 일직선으로 입을 그렸다.

도대체 이 작가의 그림이 왜 유명한 거냐며 유치원생 그림 같다고 툴툴거렸다. 거기다 더해 그림에는 영 재주가 없는 나도 이 정도는 그릴 수 있겠다며 작가의 그림을 그냥 지나쳐 나왔다.

두어 달 뒤. 어느 책에서 우연히 '비움'과 '덜어냄'에 대한 그의 이야기를 보았다. 끊임없이 덜어내며 비우고자 애썼던 장욱진 화백. 다른 화백들처럼 사물을 디테일하게 묘사할 수도 있는데도 자꾸 덜어내고 또 덜어내고자 애쓰고 노력하며 본질만을 남기고자 평생을 애쓴 화백이었다는 것을 알았다. 그런 노력 끝에 단순화된 그림이 나올 수 있었음을 알았을 때는 민망함을 넘어 오만했던 나에게 화가 났다.

물리학자 파인만은 이런 사람들을 '거만한 바보'라 한다. 파인만이 말한 바보는 나와 또 다른 의미다. 그의 바보는 어느 분야에만 박식한 편향된 바보다. 하지만 나는 아무것도 아는 게 없는데, 거만하기까지 한 바보이니 바보 중에서도 상바보다. 아는 게 없으면 겸손해야 하는데 참 미련하다.

책을 읽고 남양주에 있는 장욱진 미술관을 찾아갔을 때는 하필이면 기획전이 막 종료된 때였다. 기대했던 것과는 달리 작가의 그림을 많이 볼 수가 없어 아쉬운 마음으로 돌아왔다. 그런데 이번에 덕수궁에서 대규모의 장욱진 작품전이 열린다는 소식에 설레는 마음으로 찾아갔다. 내가 그렇게 무시했던 그 그림을 서둘러 찾아보았다. 그림 제목은 <아이>와 <얼굴>이었다. 단순화된 두 그림에서는 편안함과 따뜻함이, 천진난만한 웃음이 가득히 담겨 있었다. '세상에나 이런 그림을…. 역시 나는 무지하구나.' 또다시 깊은 반성을 했다.

전시에는 그가 그린 많은 추상화 작품이 있었는데 한국적이면서도 세련된 작품들이 정말 매력적이다. 가족과 쉼, 내려놓음…. 그의 작품들은 시골집 아랫목에 앉아있는 듯 따뜻했다. 정겨웠다.

'아는 만큼 보인다'는 말은 언젠가부터 내가 진리로 여기는 말이다. 같은 돌을 대해도 아는 사람에게는 의미가 된다. 하지만 모르는 사람에게는 무수히 많은 돌멩이 중 하나일 뿐. 이번 전시에서도 이 진리는 통했다. 그간 꾸준히 전시를 보고 미술 관련 책을 읽으며 조금은 나아진 지식과 눈으로 작가의 그림을 대하니 이렇게 멋지고 좋을 수가 없다. 우리나라에 이런 추상화를 그리는 화가가 있다는 게 진심으로 자랑스럽다. 그의 많은 그림을 사진에 담고, 보고 또 보며 다시 한번 와야겠다는 다짐을 하며 전시장을 나섰다.

그 많은 그림 중, 나의 원픽은 <길 위의 자화상>이다. 대부분의 자화상이 화면 가득 자신의 상반신을 그린다. 반면 그의 자화상에는 그림 밑에 조그맣게 보이는 한 남자가 있다. 누렇게 익어가는 논을 가른 황톳길을 한 손에는 작은 가방을, 다른 한 손에는 우산을 들고 터덜터덜 걸어가는 소박한 중년의 모습이다. 그가 걸어간 길은 그가 이제껏 살아온 인생 여정이다. 그 그림에서 여전히 작은 가방 하나를 들고 느린 속도지만 뚜벅뚜벅 주어진 길을 걷고 있는 모습에서 내가 보였기 때문이다.

100세 시대의 중반을 넘기고 어느새 퇴직이 다가온 지금. 나는 어떤 길을 걸어왔고 어떤 길을 걸어가고 있는 걸까. 내가 걸어온 길도 저렇게 잘 익었을까. 나에게 남은 것은 무엇일까. 퇴직후 나는 어떤 길을 가야 할까.

그림에서는 작은 사람으로 자신을 표현한 작가의 겸손함이 느껴진다. 자연 앞에 작아지는 인간의 모습…. 물욕에서 벗어나 소박한 너털웃음을 짓는, 그림 속 화가에게서는 많은 것을 다 내려놓은 편안함이 그대로 묻어난다.

장욱진 화백의 전시회를 다녀온 후, 나의 화두는 '비움'과 '채움'이 되었다. 내 인생에서 무엇을 버리고 무엇을 채워야 하는가. 작가의 전시는 나에게 비움과 덜어냄, 겸손을 말하고 있었다. 대가일수록, 많이 아는 사람일수록 자꾸 덜어내고 비워내게 되나 보다. 아직 부족한 게 많은 나는, 엄두도 못 낸다. 다만 생활 속의 미니멀리즘을 자주 생각하게 된다. 생각이든 물욕이든 자꾸 덜어내고 비워야 하는데, 채우는 것보다는 비우는 게 훨씬 힘겹다.

그 어려운 걸 해낸 작가를 이해하지 못하고 툴툴댔던 나의 무지와 가벼움을 탓한다. 그림을 볼 때도, 책을 읽을 때도 좀 더 겸손하고 열린 마음으로 읽고 세상을 바라보는 연습을 해야지. 생각은 비우고 가슴은 채우며 인생 후반부는 그렇게 살았으면 좋겠다. 그림 속 작가의 인생은 중년을 넘어 길의 끝자락을 향해

가고 있다. 하지만 그가 지나온 길은 황금빛 결실을 맺고 있다.

장욱진 화백이 그랬던 것처럼. 나도 그렇게 익어가고 싶다.
생각은 비우고 가슴은 채우며….

엄마, 전화 주세요

김
미
경

평생 자식밖에 모르던 엄마는 80세가 넘자 걱정이 점점 더 많아지셨다. 날이 추우면 춥다고 새벽부터 쉬지 않고 문자를 보내고, 눈이 오면 미끄럽다고 비가 오면 질척인다고 조심하라며 전화에 문자에 참 많이도 보내셨다.

나는 이런 엄마의 행위를 '문자 테러'라 명하며 진저리를 쳤다. 그랬던 내가 지금은 엄마 전화를 매일 기다린다.

1년 전. 연수동 엄마 집 근처에서 근무하던 나는, 계산동에 있는 도서관으로 발령받았다. 이 소식을 들은 엄마는, 엄마 집에서 멀어진다고 마냥 서운하며 도서관의 위치를 물어보셨다. 전에 사무실에도 찾아온 전적이 있는 터라, 절대 오시지 말라고 직장에 그렇게 오면 안 되는 거라며 신신당부를 드렸다. 하지만 도서관에 발령이 나고 채 한 달이 안 된 어느 날. 회의를 마치고 나왔더니 지하철을 타고 도서관에 오는 중이라는 엄마의 문자가 와있었다.

마침 병원에 예약이 있어 막 나가야 하는 상황이라 난감했다. 어떻게 해야 할까, 갈등하다 회의가 있다고 그냥 돌아가시라고 전화를 드렸다. 병원에 가야 한다고 하면 그때부터 또 시작될 엄마의 무한 걱정이 두려워서 한 거짓말이었다. "아, 바쁘구나." 라는 전화기 너머 엄마의 목소리에는 아쉬움이 가득 묻어났다. 사전 연락도 없이 그렇게 찾아오면 어떻게 하냐는 나의 핀잔에 "미리 말하면 네가 못 오게 하니까 그렇지…"라시며 말끝을 흐리셨다.

엄마의 발길을 돌리게 한 가장 큰 이유는, 병원 예약과 도서관에는 지인들이 와도 앉아서 얘기할 곳이 없다는 거였다. 도서관은 로비도 휴게실도 모두 이용자들이 사용하고 있어서 정작 직원들이 쉬거나 얘기할 수 있는 공간이 마땅치 않다. 그러나 장소는 표면상의 이유였고 나의 내밀한 이유는 엄마가 직장에 오신다는 사실 자체가 싫어서였다. 직원들이 왔다 갔다 하는데 엄마가 와서 앉아 계신다는 건, 생각만으로도 불편했다.

딸을 보겠다는 마음 하나로, 지하철 경로석에 앉아 오시며 설레셨을 엄마···. 헛헛한 발걸음으로 왔던 먼 길을 되돌아가셨을 엄마···. 그 모습을 상상하자 독하게 얘기할 때와는 달리 안쓰러움에 눈물이 핑 돌았다. 나는 왜 엄마한테 왜 이렇게 땍땍거리는 걸까. 후회가 밀려왔다.

다음날 새벽 엄마에게 긴긴 문자가 와있었다. "딸, 네가 우리 집 근처에 근무할 때는 자주 오지 못해도 저기에 네가 있다는 것만으로도 든든했는데, 멀리 발령이 나니 내 마음이 이렇게 허전할 수가 없구나. 막상 가보니 멀어도 너무 멀더만. 대학 때부터 지하철을 타고 다니는 네가 불쌍해서 매일 새벽 기도를 하며 많이 울었다. 힘들어도 기운 내렴···" 엄마의 긴 문자를 보니 기운

이 쭉 빠지는 느낌이었다.

출근하는데 문자로도 모자라셨는지 엄마는 전화까지 하셨다. 또 불쌍하고 안쓰럽다는 긴긴 얘기……. 그런 엄마의 말씀에 나는, 거리는 엄마 집 기준이 아니고 우리 집 기준이어야 한다고, 지하철 출퇴근 시간은 똑같이 50분인데 차로 가면 훨씬 가깝다고 말씀드렸다. 하지만 내 말은 듣지도 믿지도 않고 당신 얘기만 줄줄이 늘어놓으셨다.

엄마의 지독한 걱정이 염려된 나는 퇴근 후 친정집으로 향했다. 도착하자마자 시작되는 엄마의 걱정에 나는 짜증을 내며 말했다. "엄마, 세상을 자꾸 부정적으로 보고 걱정만 하면 사는 게 힘들어서 어떡해. 지하철을 타는 게 불쌍한 일인가? 지하철이 있어서 감사할 일이지!" 엄마는 "네가 고생스러워 그렇지. 그래도 네가 긍정적이라 다행이다."라시며 민망한 듯 웃으셨다. 그런 엄마께 나는 긍정이 아니라 사실이라며, 잘 지내는 사람을 왜 자꾸 불쌍하게 만드느냐는 말로 쐐기를 박았다.

옆에서 계시던 아버지가 내가 심하다 싶었는지, 엄마한테 왜 그리 땍땍거리냐며 못됐다고 하신다. 엄마는 아버지를 만류하며 "자식은 내리사랑이라 그래. 쟤도 제 자식한테는 안 그럴걸." 하시며 억지웃음을 지으셨다. 순간 '내리사랑'이라는 말이 화살처럼 날아와 내 마음에 꽂혔다. 아들과의 일이 생각나서였다.

"오늘 늦어?" "아이참! 동아리 있다니까!!" 아침에 집을 나서는 아이는 내가 묻는 말에 귀찮다는 듯 퉁명스럽게 단답형 대답을 했다. 그 속에는 전에도 말했는데 또 물어보냐는 은연중 무시가 담겨 있어 명치를 한 대 맞은 듯 아팠다. 자식이어도 서운하고 삐지는 마음이 들기는 마찬가지다.

내가 땍땍거릴 때마다 우리 엄마 기분도 늘 이랬겠지. 하지만 내리사랑이라는 생각으로 이해하고 넘기셨겠지. 남이었으면 안 볼 상황인데도 엄마는 그렇게 넘기셨을 거다. 그런 생각을 하며 엄마를 떠올렸는데, 그걸 또 깜빡 잊고….

지금은 기억으로만 남은 엄마의 목소리를 들으려야 들을 수 없다. 엄마가 뇌졸중으로 쓰러진지 넉 달째가 되었기 때문이다. 그 당시. 엄마의 '내리사랑' 한마디에 미처 몰랐던 엄청난 미안함이 밀려온다. 말을 좀 곱게 할걸. 엄마에게는 왜 그리 땍땍거리며 쌀쌀했을까. 그때 도서관에 들어오시라고 할걸. 그게 뭐 그리 어려운 일이라고 그리도 매정하게 했을까. 동기도 친구도 한 번 놀러 오라고 하면서 왜 엄마는 못 오시게 했을까. 나는 참 못된 딸이다.

시간이 지날수록 미안한 일들만 생각이 난다. 그동안 엄마라는 이유로 굳이 말하지 않아도 내 마음을 아실 거라 생각되어 그랬을까. 미안하다는 말을 못 했다. 엄마에게는 미안하다, 고맙다는 말이 자꾸만 생략된다. 엄마도 사람인데, 얼마나 섭섭하셨을까. 엄마에게 하고 싶은 말이, 미처 하지 못한 말이, 가슴에 남은 말이 점점 산더미처럼 쌓여만 간다. 미안해해야 하는 일들이 너무 많다. 그땐 왜 그랬을까. 내 휴대폰도 조용해졌다. 지금은 춥다고, 밥 먹었냐고, 아픈 데 없냐고, 시시때때로 나를 걱정해주는 사람이 없다. 오로지 엄마만이 나를 걱정해주는 유일한 사람이었다는 걸 이제야 깨닫는다.

엄마의 문자 테러가 그립다. 문자와 전화가 폭탄처럼 쏟아지더라도 엄마가 다시 전화하면 좋겠다. 그러면 전처럼 땍땍거리지 말고 반갑고 살갑게 받아야지. 오늘 밥 먹은 얘기도 하고 아이 때문에 속상했던 얘기도 하고, 미안하다 고맙단 얘기도 하고, 엄마의 특제 게장 만드는 비법도 여쭙고…….

엄마와 다시 통화할 수 있는 날이 속히 왔으면 좋겠다. "엄마, 전화 주세요."

곽미혜

작품   1. 난 엄마니까

2. 오봉산

3. 반려동물 입양 시기

프로필   학력   인하대학교 일반대학원 다문화교육학과
박사학위 취득(교육학 박사)

경력   인천광역시교육청 지방서기관(35년 재직 중)

활동   인천광역시교육청 교육행정 정책연구회 회장 (2023년~ 현재)

인천광역시교육청 교육행정 정책연구회 글쓰기 동아리 '글힘' 회
원(2023년~ 현재)

인천광역시교육청 관리자 공무원 독서모임 '여리' 회원

인천광역시교육청 내부강사

논문   곽미혜(2022).교육행정직공무원의 상호문화역량에 관한 혼합연
구. 인하대학대학원 박사학위논문.

곽미혜·김민규(2022). 다문화 학생을 위한 교육행정직공무원의 상
호문화감수성 및 상호문화역량에 관한 연구. 문화교류와 다문화교
육, 11(4), 27-47.

곽미혜·김영순(2023). 다문화 교육현장에서 교육행정직공무원
의 상호문화에 대한 인식 및 실천 경험. 문화교류와 다문화교육,
12(6), 1-19.

저서   「산다는 건, 이런 게 아니겠니!」(2023, 모모북스)

이메일   onlyrever@naver.com

난 엄마니까

곽
미
혜

산고의 고통을 겪고 자식을 낳은 후, 여자는 '엄마'라는 이름이 생긴다. 그 이름은 자식에 대한 무한한 사랑의 에너지로 '힘'이 생기며 위력을 드러낸다. 가냘프던 팔은 아이들을 번쩍 들어 올리며 굵어지고, 먼 곳에서도 내 아이가 위험에 처하면 슈퍼우먼이 되어 바람을 가르고 달려간다. 그 엄마의 힘으로 나는 트라우마까지 극복했다.

지금으로부터 46년 전. 현재 내 나이 오십 중반이니, 초등학교 3학년 때 일이다. 세 명의 친구와 재잘거리며 40분간 버스를 타고 해운대에 놀러 갔다.

친구들과 나는 좁은 탈의실에서 수영복으로 갈아입은 뒤, 수많은 인파를 뚫고 바닷물에 몸을 적셨다. 작열하는 태양 아래 시원한 바닷물을 서로에게 튕기며 연신 까르르 웃어대며 신바람 나게 물놀이를 즐겼다.

멋지게 수영 솜씨를 뽐내고 싶었지만, 수영을 배우지 못했기에 나와 친구 둘은 튜브를 잡고 파도를 탔다. 한참을 물놀이에 정신이 팔려있는데, 방심한 사이 거대한 파도가 우리가 탄 튜브를 삽시간에 덮쳤다. 내 몸이 파도에 휩쓸리며 순간 튜브에서 손을 놓치고 말았다.

찰나였지만 죽음의 손길이 내게 다가오는 것 같았다. 나는 숨조차 쉴 수 없어 정신이 아득해지는 급박한 공포를 느끼면서도 물속에서, '주님!'을 마음속으로 외치며 필사적으로 팔을 휘적거렸다. 천만다행히도 다른 사람의 튜브가 내 팔에 걸려 가까스로 살 수 있었다. 정말이지 아찔한 순간이었다.

생사의 갈림길에 섰던 그 날. 그 기억이 트라우마가 되어, 물에 빠져 허우적거리는 악몽과 가위까지 눌리며 한동안 잠을 설쳤다. 이후 물만 봐도 그날의 공포가 상기되는 것은 물론, 바다나 수영장 근처 또한 얼씬도 못 하게 되었다.

살다 보면 누구나 크고 작은 트라우마를 경험한다. 개인적으로 섬뜩하고 아팠던 경험이 내면에 자리 잡아 유사한 상황과 맞닥뜨릴 때, 몸이 굳어 버리거나 악몽으로 나타나 가위에 눌리는 경험을 한다.

이러한 트라우마는 성장하면서 자연스럽게 해소되거나 개인의 부단한 노력으로 벗어나기도 한다. 하지만 그렇지 못한 경우가 더 많으니 트라우마라고 하는 게 아닐까. 그때 그날 이후. 물에 대한 공포는 내 정신에 지속적인 영향을 주며 격렬한 감정적 충격으로 자리 잡았으니 말이다.

그것을 극복해 봐야겠다고 다짐한 게 엄마가 되어서였다. 내 나이 마흔둘 무렵, 워터파크에 가자는 초등학교 다니는 세 아들의 성화로 물놀이를 갔다. 아이들은 물 만난 고기처럼 신바람 나

게 수영하고 기구도 타며 노는데, 물이 두려웠던 나는 영유아들
이 노는 얕은 풀에서 겨우 몸에다 물만 적시고 있었다. 아들 녀석
들이 함께 워터 슬라이드를 타자고 졸라댔지만, 높은 미끄럼틀
같은 기구에서 쏜살같이 내려와 물로 떨어졌을 때의 섬뜩한 느
낌이 싫었다. 시도 자체도 하고 싶지 않았다.

"엄마, 물이 뭐가 무섭다고 그래요. 그냥 한번 타 봐요." 아이
들의 즐거운 외침에도 불구하고, 싫다며 손사래만 치는 내 모습
이 한없이 부끄러웠다. 하루가 다르게 성장하는 아이들 앞에서
나약한 엄마의 모습을 보이고 싶지 않았지만, 나는 물에 대한 트
라우마를 어쩌지 못했다.

'그래, 정면 돌파하자. 아이를 셋이나 낳았는데, 세상에 두려
울 게 뭐가 있담.' 아이들과 워터파크를 다녀온 후. 호랑이를 잡
으려면 호랑이 굴로 들어가야 한다는 심정으로 수영을 배워야겠
다고 결심했다.
　마음 약해져 뒤로 미룰까 싶어 빛의 속도로 수영장에 가서
등록을 마쳤다. 화요일 목요일 주 2회 강습하는 초급반에 들어

가 비입수와 입수를 번갈아 하길 여러 날. 별다른 진전이 없었다. 하지만 물에 대한 공포심과 싸우기 위해 '나는 할 수 있어!'를 마음속으로 되뇌며 다짐 또 다짐했다. 정말이지 악착같이 수업을 따라갔다. 아니 그래야만 했다. 난 엄마니까.

처음 한 달 동안은 물속에 들어가는 느낌이 소름 끼치도록 싫었다. 하지만 시간이 갈수록 조금씩 편안해지기 시작했다. 비입수로 배울 때에는 발차기와 팔돌리기를 연습. 입수 시에는 기본 호흡인 '음~파~'하면서 킥판 잡고 발차기, 팔돌리기를 배웠다. 그러나 물에 대한 두려움으로 몸에 힘이 들어가서인지 호흡도 되지 않았고, 몸이 가라앉으며 코와 입으로 물이 들어왔다. 물에 대한 공포심이 되살아나는 듯해 너무 괴로웠다.

하루에도 몇 번씩 포기하고 싶은 마음이 굴뚝같았다. 하지만 아들 셋을 둔 엄마로서 아이들한테 포기하는 모습을 보여주기가 싫어 이를 악물고 끝까지 가보자고 마음을 다잡았다. 아이들 앞에 부끄러운 엄마로 남기 싫었다. 아니 당당한 엄마가 되어야 했다. 그런 심정으로 내 마음을 다잡으며, 또 아이들의 눈망울을 생각하며 주말에도 수영장행을 강행하며 연습에 연습을 거듭했다.

하지만 같이 시작한 회원들은 상급반으로 올라가는데, 나는 여전히 초급반에서 킥판 잡고 "음파~~"를 외치며 허우적거리고 있었다.

그러길 60일 후. 어느 주말. 킥판 없이 자유형을 하는데 신기하게도 몸이 물 위로 떴다. 그때의 황홀함이란⋯. 남들보다는 두 달 이상 뒤처졌지만, 자유형, 배영, 평영, 접영을 차분히 배워갔다. 실력은 상급에 못 미치는 초급이지만 상급까지 자동으로 승급되어 네 가지 영법을 모두 배웠다. 폼은 어설프고 속도는 거북이 같았지만, 물속에서 수영하고 있다는 것에 기뻤고 스스로가 대견하게 느껴졌다.

어느 정도 자신이 붙은 후 주말에 아이들과 함께 수영장에 갔다. 아이들에게 엄마가 수영하는 모습을 보여주고 싶어서였다. 아이들은 수영하는 엄마를 보고 잘한다며, "와~~ 우리 엄마, 언제 이렇게 수영이 늘었어요? 최고!"라고 엄지척을 해주었다. 물에 대한 트라우마를 극복하고, 수영을 즐기게 된 기념으로 우리 가족은 그날 저녁 소갈비 파티를 하였다.

남들이 보면 별일이 아니겠지만 나에게 '물'은 들춰내고 싶지 않은, 피하고 싶은 공포증(phobia) 그 이상의 것이었다. 하지만 트라우마에 잠식돼 극복해 볼 엄두조차 버거웠던 내 모습에 아이들의 눈망울이 경종을 울렸다.

자식들에게 나약하게 포기하는 모습이 아닌, 극복하기 위해 최선을 다하는 자랑스럽고도 씩씩한 엄마의 저력을 보여주게 되어 행복하다. 또한 나 자신에게도 대견하다고 토닥여 주고 싶다.

오봉산

곽
미
혜

우리 집 창문은 소중한 캔버스다. 내가 가장 좋아하는 오봉산 풍경이 고스란히 담겨 있기 때문이다.

안개가 드리워져 어렴풋이 보이는 산자락. 맑은 날에는 싱그럽게 웃음 짓는 초목들. 거센 비바람이 몰려와 몸살을 앓는 나무들을 보고 있노라면 애잔함이 심상을 뒤흔든다.

봄에는 꽃과 무명초들이 땅 위로 빼꼼히 고개를 내밀고. 여름에는 쨍쨍한 햇볕 아래 함박웃음으로 신록을 자랑. 산들바람이 부는 가을은 울긋불긋 단풍이 저마다 놀러 오라 손짓하며, 하얀 눈발이 흩날리는 겨울은 절정을 자랑하는 설산이 된다.

사계절을 창으로 바라보노라면 우리네 삶의 여정과 닮아있음을 느낀다. 그러할 때는 왠지 모를 위로와 행복감에 충만한 시간 속으로 빠져든다.

2005년. 가족 모두, 산의 정기를 받아 건강하기를 바라며 지금의 아파트를 분양받았다. 이 집에서 산 지 어언 19년. 오봉산을 거닐며 우리 가족은 수많은 추억을 쌓았다.

오봉산 ○○숲 체험원에서 아이들과 함께 올망졸망 밤 줍고, 맛있는 김밥과 치킨을 싸 들고 가족 소풍으로 오봉산 오르고, 성당 야유회로 배수지 체육 광장에서 축구 경기를 하는 아이들을 응원하고, 늘어나는 뱃살을 덜어내고자 오봉산과 듬배산을 한달음에 오르며 숨이 턱 밑까지 차던 시간. 등반 후 친구들과 오봉산 주변의 맛집을 찾아다니던 시절….

오봉산의 나무가 무성해지듯이 아이들과의 추억도, 지인들과의 추억도 무성하게 자라났다. 그 추억들은 나에게 조용한 위로가 되기도 하고, 가끔은 아련한 그리움이 되기도 했다.

애정 깊던 오봉산과 나에게도 이별의 시간은 있었다. 공무원의 꽃이라는 사무관 시험 준비로 주 2회 다니던 오봉산을 2007년도에서 2008년도까지 2년 동안 다니지 못했다. 사무관 시험이 지금은 심사제로 변경되어 6급 근무실적서와 면접을 통해 선발되지만, 그 당시만 해도 헌법, 행정법, 교육학, 교육심리학 4과목을 객관식 시험으로 치르던 때였다.

근무시간을 제외하고는 밤낮으로 주말도 없이 독서실에 콕박혀 책과 씨름하였다. 많은 내용을 외우느라 과부하가 걸려 머리가 폭발하는 듯하였다. 타는 듯한 머리를 식히고 시험에서 오는 부담을 내려놓기 위해 오봉산으로 달려가고픈 마음이 너무도 간절하였으나 참을 수밖에 없었다.

얼마 후. 사무관 시험 합격으로 공직 생활에 큰 산을 넘은 나는, 기다렸다는 듯이 다시 오봉산을 오르기 시작했다. 사무관 승진 후, 오봉산으로 내딛는 나의 발걸음은 시원하고 달콤하며 자유로움 그 자체였다.

오봉산! 인천광역시 남동구 도림동과 논현동에 걸쳐있는 산으로 봉오리가 5개라 오봉산이라고 한다. 105.8M로 그리 높지 않고 생긴 모양이 사람 손 같기도 하고 나뭇잎 모양을 닮은 듯해 정겨움이 든다. 오봉산 바로 옆에는 형제처럼 듬배산이 어깨를 나란히 하고 있다. 오봉산에서 듬배산까지 등반하면 부족한 운동량을 채울 수 있어 더욱 좋다.

논현근린공원을 거쳐서 5봉에 올랐다가 4봉, 3봉, 2봉, 1봉을 마지막으로 다시 2봉, 3봉, 4봉, 5봉으로 되돌아 내려오는 것이 우리 집 기준에서의 코스다. 가파른 오르막인 5봉이 가장 힘들고 그 외는 완만하게 오르내려서 1시간 30분 정도 걷기에 매우 좋다.

예전에는 1봉과 2봉 사이에 있는 약수터 물이 좋다는 명성이 자자해 많은 이들이 약수를 뜨려고 물통을 이고 지고 산에 올랐다. 하지만 지금은 간간이 물 뜨러 오는 발걸음으로 명맥만 유지하고 있다.

산과 함께 흐른 세월. 내 나이도 창창하던 30대에서 노을이 드리운 50대 중반을 넘어섰다. 그 세월 따라 각기 다른 생각과 감정의 발걸음으로, 나는 나만의 시간과 마주하며 오늘도 오봉산에 오른다.

어떤 날은 혼자서 묵주기도와 음악 들으며 사색에 잠기고…. 어떤 날은 가족과 지인들과 함께 자잘한 이야기꽃을 피우며…. 어떤 날은 땅만 쳐다보며 축 처진 어깨로…. 어느 날은 앞만 바라보며 재빠르게…. 또 다른 날은 흐드러지게 핀 민들레, 개나리, 진달래, 제비꽃 등을 바라보고 지저귀는 새소리에 미소로 화답하며 유유자적하게….

이러한 시간이 모이며 나는, 지혜로운 자는 흐르는 물처럼 유연하고 어진 이는 산처럼 굳건한, 지자요수(知者樂水) 인자요산(仁者樂山)과 같은 사람이 되리라.

질곡이 짙은 자연의 굴곡 속에서도 고귀한 단순과 소중한 아름다움을 선사하는 곳. 나의 삶의 여정에 오봉산이 선물하는 지혜와 위대한 평온함에 내 삶도 더불어 무르익으리라.

반려동물 입양 시기

곽
미
혜

'꼬끼오~ 꼬꼬꼬꼬!' 목청껏 아침을 깨우는 우렁찬 닭 울음. 어느 농가에서 들리나 싶겠지만, 도심 한복판 우리 아파트 안방 옆 베란다에서 들리는 소리다. 큰아들이 사놓은 병아리가 어느새 닭이 되어 이른 아침부터 그 존재를 알리고 있다. 주변에 피해를 줄까 싶어 '저 닭을 어쩔꼬?' 한숨이 절로 나온다.

우리 집의 반려동물 역사는 아이들의 끊임없는 성화와 함께 시작되었다. 첫 주인공은 2007년 초등학교 1학년이던 큰아들이 학교 교문 앞에서 사 온 병아리였다. 병아리, 병아리 노래를 부르더니 덜컥 사 오고 만 것이다. 속으로는 '병아리가 며칠 못 살겠지.' 하면서도 어린 아들의 마음을 북돋아 주고 싶어 베란다에 보금자리를 마련해 주었다.

부드러운 솜털로 덮여 삐악대는 노란 병아리가 종이상자를 닭장 삼아 신나게 뒤뚱거리며 모이를 쪼아먹는 모습은 마치 만화 속에서 튀어나온 주인공처럼 귀여웠다. 그 귀여운 모습을 보며 우리는 '꼬꼬'라는 이름을 지어줬다.

이 작은 존재가 우리 집안의 평화를 얼마나 뒤흔들지 그때는 미처 알지 못했다. 며칠 살지 못할 것이라 믿었던 병아리는 내 예상을 뛰어넘는 긴 생명력을 보여주었다. 병아리는 무럭무럭 자라더니 어느새 깃털이 나오고 빨간 벼슬이 생기면서 닭의 위용을 갖췄다.

5개월부터는 새벽마다 '꼬끼오' 소리로 모든 이의 잠을 깨우고, 커다란 날개를 퍼덕이며 여기저기 올라타고 똥을 싸는 등.

그 존재는 점점 고통으로 다가왔다. 병아리에서 닭이 된 꼬꼬에게 정을 붙였던 아이들을 생각해 참고 참던 어느 여름날. 코를 찌르는 악취에 내 인내심도 한계에 다다랐다.

"얘들아, 병아리가 어른 닭이 됐어. 더는 집에서 못 키워. 엄마가 시골로 보낼게. 알았지?!"하였다. 아이들도 귀엽고 사랑스러운 모습은 사라지고 무섭고 사나운 닭이 되어, 온 집안을 휘젓고 쪼아대는 모습에 겁이 났는지 선뜻 동의해 주었다.

작고 귀엽다고 키울 때는 언제고 힘들어지니 버리는 것 같아 닭에게 미안한 마음이 들었지만, 보낼 곳을 구하지 못해 어쩔 수 없이 아이들 모르게 텃밭에 방생하였다. 그 후 밭을 지나칠 때마다 꼬꼬의 모습이 떠오르며 그 미안함과 부끄러움에 나의 얼굴이 붉어졌다.

그로부터 몇 년 후. 이번에는 초등학교 2학년인 둘째 아들이 햄스터를 키우고 싶다며 나섰다. 관리를 열심히 한다는 조건으로 가게에 가서 골든 햄스터와 햄스터 집, 사료 등을 사주었다.

햄스터는 집안에 식구들이 없을 땐 늘어져 있다가 사람들이 보이거나 말소리가 들리면 물레방아를 열심히 돌리며 재롱을 떨었다. 그 모습을 자랑하고 싶었는지, 둘째 아들은 연이어 친구들을 집에 데리고 왔다.

하지만 반려동물을 책임감 있게 돌보겠다던 아이들의 약속은 금세 흐지부지되었다. 매주 한 번씩 햄스터 집을 잘 청소하더니 두 달이 지나고부터는 청소하는 주기가 길어졌다. 고약한 냄새는 당연지사.

아이들을 불러 햄스터 관리를 하지 않은 벌로 10분간 팔 올리기를 시키고 야단을 쳤다. 서너 차례의 벌과 훈육도 별다른 효과를 못 보고 햄스터 청소는 모두 엄마인 내 몫이 되었다.

결국 햄스터는 3년을 살다가 입 주변에 물혹이 생겨 잘 먹지를 못하더니 시름시름 앓다 죽고 말았다. 아이들은 죽은 햄스터를 안쓰럽게 여기며 이쁜 종이상자에 담아 아파트 잔디밭에 묻어주고 기도를 해줬다. 그런 모습을 보니, 생명의 소중함과 사랑을 느끼는 아이들이 대견했다.

든 자리는 몰라도 난 자리는 표시가 난다고, 폴짝거리는 햄스터가 없으니 허전함이 들었다. 두어 달이 지났을까. 아이들도 적적했던지 친구가 줬다며 햄스터를 또 데려왔다.

늦은 밤 귀가하는 식구들을 제일 먼저 반기는 햄스터는, 현관문을 들어서 불이 켜지면 재빠르게 원을 돌며 반겨주었다. 그 모습이 귀여워 햄스터에게 다가가 "우리 꼬미, 오늘 하루 잘 지냈어? 엄마는 오늘 아주 바빴어."라며 수다를 늘어놓았다. '이 맛에 반려동물을 키우는가 보다.' 하며, 그 작은 존재로부터 위안을 받았다.

그러던 어느 날. 고즈넉한 밤에 활기를 주던 햄스터 '꼬미'가 갑자기 축 처져 있었다. 동물병원에 가니 "햄스터 평균 수명이 2년에서 3년 사이에요. 이만하면 장수한 거고 다른 치료 방법이 없어요." 했다. 꼬미가 시름시름 앓으며 죽어가는 모습을 볼 수 없어 안락사를 부탁드렸다. 꼬미에게 마지막 인사를 하고 병원을 나오는데 그동안 든 정이 깊었는지, 왈칵 눈물이 고였다.

이후로도 아이들은 햄스터 대신 강아지를 키우고 싶다며 끊임없이 졸라댔다. "아이고, 너희 셋 키우기도 힘든데, 강아지까지? 강아지는 자주 씻기고 놀아주고 산책도 시켜야 하고, 또 정기적으로 병원에 데리고 가야 해. 엄마는 바빠서 못 챙겨!" "엄마, 그건 걱정하지 마세요. 우리가 다 할게요." "어련히도 그러겠다. 너희들 다 독립하면 키울 테니, 그때 보러 오렴."

생명은 반드시 책임이 뒤따른다는 부담감과 이별의 상실감이 싫어, 이런 말들로 에둘러 나는 매번 아이들의 청을 거절하였다. 또 다른 이유는, 5년간 키운 반려견이 우울증에 걸려 죽었다며 한동안 힘들어하던 동료 직원을 옆에서 보았기 때문이기도 했다.

우리 집 반려동물의 변천사를 돌아보며 곰곰이 생각해 본다. 생명을 소중히 여기는 마음 없이 반려동물을 키우는 것은, 달콤할 때는 즐기고 쓰면 버리는 인간의 씁쓸한 치부를 드러내는 것이다.

'책임감은 성숙의 진정한 척도다.'라는 톰 윌슨의 말을 되새기

261

며, 끝까지 사랑과 책임을 다할 수 있을 때 나는 반려동물을 입양하고 싶다.

과거의 나와 지금의 내가 해후하는 글쓰기

에세이는 주로 자신이 경험한 이야기를 쓰게 된다. 과거의 기억들을 소환해내 담담하게 글을 써 내려가다 보면, 추억에 잠기기도 하고 마음에 남아있던 응어리도 어느새 스스르 풀리게 마련이다. 글쓰기의 매력이 이런 게 아닐까? 과거의 나와 지금의 내가 만나 해후하면서 과거의 상처와 후회를 관조하며 객관적으로 바라볼 수 있게 되는 것 말이다.

이번 책에 실린 나의 세 편의 에세이를 통해 과거의 나와 지금의 내가 만나 해후하는 아름다운 경험을 할 수 있었다. 두 달 동안 글쓰기 워크숍에서 같이 글을 써온 다른 11명의 저자들도 나와 같은 마음이지 않았을까. 책 출간을 목표로 김도현 글쓰기 선생님의 지도를 받고, 초고를 쓰고 퇴고를 되풀이했던 과정은 지난하고 힘들었다. 책 출간 경험이 있는 나도 그러한데 올해 처음 글을 써보는 초보 저자들의 어려움은 더했으리라. 끝까지 포기하지 않고 최선을 다해 글을 완성해준 글쓰기 동료들과 우리들의 부족한 글에 마지막 화룡점정(畫龍點睛)이라는 날개를 달아주신 김도현 선생님께도 진심으로 감사하다.

좋은 글을 쓰고 싶다는 열망은 있지만 컴퓨터 화면의 깜빡이는 커서(cursor) 앞에서 글이 써지지 않아 머리를 쥐어짜던 시간들은 너무 외롭고 고통스러웠다. 하지만 글쓰기 선생님의 피드백을 받아 퇴고를 거듭할수록 글이 점점 반짝반짝 빛나게 되는 신기한 경험을 하게 되었다. 이렇게 우리는 점점 글쓰기의 마법에 빠져들었다. 우리들의 반짝이는 글들은 올해가 가기 전에 한 권의 책으로 선물처럼 우리 곁에 와주었다.

올해 에세이 공저 출간이라는 기분 좋은 경험을 하게된 저자들은 글쓰기 워크숍을 통해 '글쓰기의 맛'을 알아버렸다고 말한다. 힘든 글쓰기의 감옥으로 스스로 들어가기를 자처하게 된 이유일 것이다. 우리들의 글쓰기는 이제부터 시작이다. 글을 써서 책을 출간하고 지역사회에 인세 기부까지 하면서, 우리는 '나'를 알아가고 '사회'까지 돌아볼 수 있는 진정한 어른으로 성장할 수 있었다.

인천광역시교육청의 '읽·걷·쓰'(책 읽는 인천, 함께 걷는 인천, 글 쓰는 인천) 정책으로 감사하게도 우리들의 글쓰기는 '에세이 출간'이라는 날개를 달게 되었다. 2023년에 이어 2024년에도 글쓰기 워크숍 예산을 받을 수 있었던 것은 행운이었다. 행·재정적인 지원을 아끼지 않으신 인천광역시교육청과 인천광역시교육청교육연수원, 인천광역시교육청북구도서관 관계자분들께도 감사의 마음을 전하고 싶다. 마지막으로 우리의 글들을 귀하고 값진 결과물로 만들어주신 성안북스 김상민 본부장님과 출판 관계자분들께도 진심으로 감사드린다.

12명 공저자 대표 손문숙

·····················

· 손문숙 ·

올해 4월부터 시작된 두 달간의 글쓰기 수업이 끝이 났다. 작년에 처음 글쓰기 수업을 했을 때보다 올해가 더 힘들었던 건 글을 더 잘 쓰고 싶은 욕심이 생겨서다. 소재를 찾고 주제를 만들어가는 과정이 만만치 않았다. 하지만 김도현 선생님의 피드백에 따라 여러 번 퇴고를 거듭할수록 밋밋했던 내 글이 입체적으로 반짝반짝 빛나기 시작했다. 정말 신기한 경험이었다. 지나온 생의 길목길목에서 길어올린 나의 보석같은 글들… 이런 벅찬 글쓰기의 감동 때문에 오늘도 글쓰기라는 감옥에 스스로 나를 가둔다. 첫 글쓰기 수업부터 책이 출간되는 순간까지 글쓰기 제자들의 부족한 글을 잘 이끌어주신 김도현 선생님께 진심으로 감사드린다. 그리고 두 달 동안 함께 글쓰기의 고통을 함께 견뎌내준 글쓰기 동료들에게도 이렇게 말해주고 싶다. 그대들이 있어 힘든 시간을 잘 버텨낼 수 있었다고…….

· 곽미혜 ·

2023년도에 에세이를 공저할 기회가 필연처럼 우연히 다가왔다. 『산다는 건, 이런 게 아니겠니!』출간을 통해 평소 마음에 담아 두었던 이야기를 풀어내면서, 나를 되돌아보고 독자와 소통하는 행복한 시간을 가졌다. 올해에도 경험의 축적으로 내재한 나의 이야기들을 썼다.

이야기에는 인간의 삶과 세계에 대한 이해가 담겨있다고 한다. 진솔한 삶의 이야기를 통해 함께 공감하는 호모 나랜스(Homo Narrans, 이야기하는 인간)를 표현하고자 오늘도 나는 '읽걷쓰' 즉 읽고 걷고 쓰기를 실천하고 있다.

· 윤한진 ·

학창 시절, 덜컹거리는 비포장도로를 1시간 이상 달려간 끝에
참가했던 백일장 때문일까?
겁도 없이 덜컥 글쓰기에 참여한 나를. 끈질기게 글 속으로 이끌었다.
글은 쓸수록 어렵다. 그렇기에 글 앞에 겸손해지려 한다.
일과 후 지친 몸에도 불구하고 함께한 동료들과 늘 격려해 주시고
응원해 주시는 모든 분들께 감사드린다.

· 민병수 ·

손문숙 작가의 속삭임에 나의 얇은 귀가 팔랑거렸다. 나는 어느 순간 글쓰기 강좌에 자리하고 있었고, 그 후로 급박하게 돌아가는 나의 창업기와 글쓰기의 동행에 좌우 어퍼컷과 훅이 연달아 안면을 강타하며 나를 우왕좌왕하게 하였다. 그 와중에 내 마음을 들키지 않으려 안간힘을 썼

으나, 글쓰기는 내 마음을 드러낼 수밖에 없음을 깨달았고 또 하나의 배움을 득하는 소중한 시간이었다.

· 윤혜옥 ·

우리는 늘 어딘가를 바라보고 향하고 있다. 이 길이 맞는 걸까 고민하면서. 글쓰기는 이 고민을 더 선명하게 해줬다. 쓰면서야 걸어온 길이 보였다. 앞으로 나아가는 데만 급급했던 과거를 만나 다독이고, 시야를 넓혀 주위를 돌아보며 오늘을 걷자고 생각한다. 혼자가 아니라 여럿이서. 함께 글을 쓰면서 다양한 삶의 무늬를 만났다. 그것은 앞으로 걸어야 하는 발걸음을 더 단단하게 해줄 것이다.

· 김미경 ·

32년 공직생활의 마무리로 동료들과 함께한 추억과 결과물을 갖고 싶어 참여했다.
예상대로 12명이 각자의 이야기를 담은 책이 출간된다는 건 엄청 매력적인 일이었다.
짧았지만 서로의 생각과 살아온 과정을 알아가는 시간. 글은 그 사람의 서사를 담고 글쓴이의 모습을 그대로 닮았다. 민낯을 드러내는 용기와 서로간의 격려속에 드디어 예쁜 모습으로 책이 출간이 되어 기쁘다. 퇴직전 공저의 출간은 함께해서 의미가 더 큰, 현직에서의 마지막 추억이자 나 자신에게 주는 퇴직 선물이기도 하다. 함께 하신 분들과 기쁨을 나

누고 12명의 글로 공저를 출간하게 도와주신 김도현 작가님께도 깊은
감사를 전한다.

· 조용준 ·

사랑은 조금씩 사라져 가는가 / 흐느끼며 멀어지는 네 뒷모습에 / 소리
없이 흐르는 눈물뿐인가 / 그 비에 젖어드는 나의 얼골엔 / 사랑한다는
한마디 결국 잊었소
에세이를 쓰기로 했을 때 가장 먼저 떠올랐던 사람, 이권. 글 쓰는 내내
자네와의 추억을 되새김한 아주 행복했던 여정이었네. 위 시는 그 옛날
자네에게 주려고 만들었던 노래의 가사일세. 받아 주게나.

· 오윤영 ·

글을 쓴다는 것이 무엇인지 맛을 본 느낌일까? 호되게 쓴맛을 봤다.
독서 모임을 하다 보니 주변에 글을 쓰는 사람, 블로그를 운영하는 사
람들이 눈에 들어왔다. 자연스럽게 글쓰기에 관심이 갔다. 하지만 글쓰
기는 왠지 어려운 숙제 같아 부담되고, 한 줄 쓰기도 망설여졌다. 그 대
신 올초부터 감사 일기를 쓰기 시작했다. 그러던 중 우연히 에세이 쓰기
에 참여하게 되었다. 글감찾기, 주제, 소재, 구성, 퇴고... 준비 없이 시작
한 무모함과 후회, 포기까지 생각했지만 어느새 시간이 훌쩍 지나갔다.
에세이 쓰기 경험을 통해 좋은 글을 더 많이 읽고, 꾸준히 글쓰기 훈련이
필요함을 알게 되었다.

· 최은성 ·

지난해 동료들과 첫 책을 출간했을 때, 그 책이 마침표가 아닌 시작점이길 바랐었다. 그 바램 때문이었을까, 올해에도 글쓰기 연수에 참여하는 행운으로 두 번째 책을 출간하게 되어 감격도 두 배다. 이번 글쓰기는 내 안의 기억을 따라 젊었던 시절로 시간여행을 하는 기분이었다. 마음에서 느끼는 감정과 생각들을 한 자 한 자 적어 내려가면서, 내 삶의 의미와 가치를 찾아가는 소중한 시간이 되었다. 또 두 번째 동료들과 함께한 글쓰기라 특별함이 더했다. 사람들의 삶은 닮은 듯, 다른 듯 다양한 색깔로 때로는 웃음 짓게, 가슴 뭉클하게 마음에 작은 울림을 주기도 한다. 두 번째 이 책이 마침표가 아닌 진행형이길…….

· 백윤영 ·

그동안 생각 속에서만 머물러있던 나의 이야기를 이번 글쓰기를 통해 끄집어낼 수 있는 용기가 생겼다. 인생 후반기를 맞으며, 깊이 성찰하고 마음껏 뒤돌아볼 수 있는 귀한 시간이었다. 사춘기도 없이 받아들였던 고3공무원의 삶, 직장과 가정을 위해 던져졌던 시간들. 열정이라 하지만, 서툴기만 했던 나의 인생을 통째로 돌아보게되었다.
끄집어내며, 후회와 아픔이 인정과 만족으로 치유되는 신비한 경험을 하게 되며, 글쓰기의 묘미에 빠져들었던 시간이었다. 격변의 그 시절, 서툴렀던 내 인생을 보며, 어느 누군가에게 공감될 수 있다면 너무 감사할 것이다. 인생에 정답이 없듯, 내가 선택한 이 삶을 정답으로 받아들이고, 후회 대신 감사와 사랑으로 채우리라 결심하며, 또 다른 글쓰기를 준비해보고자 한다.

· 정길선 ·

중년의 인생까지 살아오면서 과거를 뒤돌아보면 뚜렷하게 남아 있는 것이 없다. 내 인생은 끊임없이 과거로 바뀌면서 희미해지고 사라지고 있었다. 글쓰기를 시작하면서 과거로 가서 열심히 희미하게 남아 있는 실마리들을 찾았다. 글쓰기를 통해 과거가 형상으로 만들어지고 마음속 생각들이 이야기로 드러나는 것을 체험하면서 내 인생을 새로 만난 것 같았다. 지금 나는 내 일생을 새롭게 꾸미고 나눌 수 있는 출발선에 서 있는 것 같다. 처음 글쓰기의 배움에 이끌어 주신 운영진과 글쓰기를 가르치기 위해 주야와 휴일을 초월한 열정을 쏟아주신 김도현 선생님께 깊이 감사드린다.

· 임해순 ·

글쓰기를 시작한 지 벌써 7년이 지나간다. 세월의 무게만큼 부담도 커진다. 에세이는 '진정성'의 산물이라고 한다. 내가 온전히 글을 쓸 수 있도록 평온한 일상을 만들어 준 신랑과 두 딸에게 고마운 마음을 전하며, 나의 졸고를 '뜻밖의 기적'으로 만들어 주신 모든 분께 감사드린다.

Foreign Copyright:
Joonwon Lee   Mobile: 82-10-4624-6629
Address: 3F, 127, Yanghwa-ro, Mapo-gu, Seoul, Republic of Korea
            3rd Floor
Telephone: 82-2-3142-4151
E-mail: jwlee@cyber.co.kr

엄마 아빠는 이렇게 살아내는 중이야

2024. 10. 10 초판 1쇄 인쇄
2024. 10. 16 초판 1쇄 발행

지은이 | 최은성 외 12명
펴낸이 | 최한숙
펴낸곳 | BM 성안북스

주 소 | 04032 서울시 마포구 양화로 127 첨단빌딩 3층(출판기획 R&D 센터)
       | 10881 경기도 파주시 문발로 112 파주 출판 문화도시(제작 및 물류)

전 화 | 02) 3142-0036
       | 031) 950-6300
팩 스 | 031) 955-0510
등 록 | 1973. 9. 18. 제406-1978-000001호
출판사 홈페이지 | www.cyber.co.kr
이메일 문의 | smkim@cyber.co.kr
ISBN | 978-89-7067-457-5 (03810)
정가 | 16,800원

이 책을 만든 사람들

총괄·진행 | 김상민
본문·표지 디자인 | 디박스
사 진 | 윤혜옥
홍 보 | 김계향, 임진성, 김주승, 최정민
국제부 | 이선민, 조혜란
마케팅 | 구본철, 차정욱, 오영일, 나진호, 강호묵
마케팅 지원 | 장상범
제 작 | 김유석

■ 도서 A/S 안내

성안북스에서 발행하는 모든 도서는 저자와 출판사, 그리고 독자가 함께 만들어 나갑니다.
좋은 책을 펴내기 위해 많은 노력을 기울이고 있습니다. 혹시라도 내용상의 오류나 오탈자 등이
발견되면 **"좋은 책은 나라의 보배"** 로서 우리 모두가 함께 만들어 간다는 마음으로 연락주시기
바랍니다. 수정 보완하여 더 나은 책이 되도록 최선을 다하겠습니다.
성안북스는 늘 독자 여러분들의 소중한 의견을 기다리고 있습니다. 좋은 의견을 보내주시는 분께는
성안당 쇼핑몰의 포인트(3,000포인트)를 적립해 드립니다.

잘못 만들어진 책이나 부록 등이 파손된 경우에는 교환해 드립니다.

이 책의 선인세와 판매된 인세는 '인천교육행정정책연구회' 명의로 저소득층 학생에게 기부됩니다.